U0919189

人间风景

丁帆 著

译林出版社

序言

丁帆

风景会说话吗？

你看风景，风景会看你吗？

风景乃分自然风景与人文风景，两种不同的风景在每一个人的眼睛里都会呈现出不同的色彩和情绪。前者似乎是客观的，其中也隐藏着不为人所觉察的主观，而后者则是纯主观的，但是其中却有各种各样观景的视角。

风景的自然属性也是有着两种形态的：其一是客观的、不加任何人工修饰的、原生态的自然风貌，这就是如今活在后现代文明生活环境中被“机械化”了的人，为了摆脱文化的困扰而寻觅追求的那种情景和情境。其二是人类为了攫取、褫夺、利用大自然而对其进行的改造、破坏或美化过的风景。当一个旅游者的目光分不清这两种形态之美丑的根本区别时，也就是人类对自然的掠夺已然失去了他们的歉疚感，在麻木，甚至理所当然地在风景欣赏快感中获得大自然给予的“馈赠”。大自然风景之痛，人类能够倾听得到吗？即使能够听到她的哭泣，你会触摸到她的痛感吗？你会“像山那样思考吗”？诸如张家界、九寨沟那样原来是无人惊扰的自然生态风光，现如今已然成为被亿万人视觉肆虐和奸污过了的处女地，人类不是以她为邻为情侣，而是将她作为侵害取乐的对象，而非像两百多年前的梭罗那样把瓦尔登湖当作自己的情人那样去呵护。从某种意义上来说，当一个人身处喧嚣的都市水泥森林之中，失去了与大自然的亲和力后，生存的意义就少了一种原始的野性，这大概就是梭罗所要寻觅的自然野性吧。

当然，另一种声音此刻就会强烈地抗议：难道大自然的美景不就是为人类服务的吗？我虽然不是一个纯粹的生态主义者，但是，我反对那种无节制地糟蹋自然资源与风景的人类卑鄙行径，我们要倾听自然的哭泣，擦拭山湖的泪珠，抚慰她们的心灵创伤。这也许就是一个人类与自然无法解决的悖论，但是不知道这个悖论的存在，或者处于麻木的状态，无疑就是人类的悲哀，因为我们的耳朵已经听不到上帝的哭泣和呐喊声了。

任何自然的风景背后，都离不开那个“观者”的“内在的眼睛”的解读，我们将用什么样目光去看风景就显得十分重要了。

风景的社会属性同样是有着多种多样的形态。同样的景物，在不同的人群之中，她会呈现出不同的感觉，这种差别之大，或许是与各人的审美欣赏习惯有关，或许就是与各人的世界观和生存观休戚相关。我看作优美的风景，你看出的是则是丑陋，他看出的却又是一个可利用的物体。殊不知，看风景是要怀有一颗对大自然的敬畏之心的，离开这个原则，你就没有资格去欣赏自然赐予你的美景，你对自然美景的占有应该只是精神层面和哲学层面的，而非物理性的践踏与侵害。

另外，同样的风景，在一个人处于不同的时空环境中的时候，他对自然风景的理解是往往会呈现出截然不同的心境，这种主观因素的介入性，是取决于人在七情六欲中的变化，同时也往往取决于一个人的审美境界的提升，这就是“看山是山，看山不是山，看山还是山”的道理。当然，欣赏风景也并非完全是有阶级性的，我在代跋文章《风景：人与艺术的战争》中已经表述得很清楚了，这里不再赘叙。

“我看风景，风景看我”，亦如“我注六经，六经注我”。在每一个人与大自然的对话生涯中都有着各个时期不同的理论解释，它是伴随着人的成长和人性的成长而变化的，它既是以人的意志而转移的，却又不局限于以人的意志而转移，其原因就是大自然的美景也在人类的屠戮和不可抗拒的天体灾害中发生着变化，有些变化甚至是毁灭性的。

这本小书记载着的是我对自然风景的赏析，除了代跋的《风景：人与艺术的战争》为学术随笔外，其他均属于散文随笔的文体，虽然有些早期的文章还十分浅薄，但是，它真实地记录下了我对风景人间和人间风景的观念历史，如今不揣谫陋、妄提拙见，尚须方家不吝赐教，以及读者诸君予以指谬。

是为序。

2017 年 4 月 13 日写于南京至香港飞机上

目 录

瓦尔登湖旋舞曲

一个思想旅人的归途

那年，我们江苏作家代表团来波士顿造访时，竟没有去瓦尔登湖，真是觉得对不起这位伟大的生态主义先驱作家梭罗，尤其愧疚的是我，那时我们已经把《瓦尔登湖》纳入了苏教版的高中语文教材，正想去实地考察一番，却未成行。此番来哈佛大学参加一个学术研讨会，无论如何也得去一次瓦尔登湖，了却平生的一桩宿愿。

艳阳高照的金秋，在宋明炜兄的引领下，我们扑进了瓦尔登湖，第一眼看到当年梭罗居住过的简陋而狭小的木屋时，发现它比我想象中的还要小得多，那个只有不到十平米的小木屋最多放上一张床就满满当当了，其简陋的程度超乎我原先的猜度，在整整一百七十年前的1845年的美国独立纪念日那天，梭罗开始了那段成为旷世传奇的独居生活。两年后，他带着在湖边生活时的原始生活记录，永远离开了那座亲手所建的木屋。当年梭罗为了逃避工业革命给人带来的喧嚣嘈杂和追逐机械化奢靡生活的时尚，一头扎进了这并不算大的森林与湖泊里，过着离群索居的原始人生活。作为从群居社会中突围出来的单个人，他所承受的各种各样的压力是可以想象的，所谓食色性也，其生存的困境不仅仅是食物的攫取，更有生理与文化精神的需求。试想，一个失去了社会属性的人，其内心的痛苦和挣扎是常人难以忍受的。它使我想起了上世纪九十年代翻译到中国大陆并一时成为畅销书的那个日本作家中野孝次的《清贫思想》一书，在物欲横流的富足生活中，人为何要逃离文明与奢华，回归自然和原始？而那场由知识分子兴起的清心寡欲的新生活运动为什么又无疾而终？抛弃现代物质文明到北海道去过原始人生活的浪漫理想的破灭，给人类的启迪又是什么？这一切都是二律背反的哲学命题。诚然，每一个厌倦了大都市生活压迫的人都有一种逃避繁华、追求平静的理想主义和浪漫主义的情结，回归大自然的怀抱成为每一个都市人精神疗伤的最佳方法，于是，蝗虫般的旅游者飞翔在世界的每一个角落里，足迹所至，森林涂炭，湖泊污染。工业革命不仅污染了大城市周边的森林湖泊，而且也逐渐蔓延到了偏远的原始腹地。

无疑，瓦尔登湖在梭罗死后的一百多年里，没有被工业革命的粉尘所污染，她那清澈的湖水一眼望去分割成为由浅入深的三种颜色：近处，清澈见底的粼粼水波，让你有一种掬一捧湖水醉饮一回的冲动；远处，水色渐渐变绿，宛如绸缎一般随风涌动，几个泳者漂浮在水面上，撕破了平静的湖面，真的有些不忍；再远处，水色已经变成了深蓝，所谓“春来江水绿如蓝”的胜境在此体现得淋漓尽致。

我们沿着湖边的森林小道环湖而行，不时惊起一群鸟鸥。呼吸着清新的空气，穿行在粗壮高大的树木丛林中，我想，这就是梭罗当年行走过的灌木丛吧，近两百年的沧桑没有改变的是那份原始自然生态的气息，唯有沉浸在这样的情境里，你才会忘却城市的烦扰和人类的忧愁。

在离这里不远处生活和工作了十几年的明炜兄告诉我们，像这样的湖泊和森林在马萨诸塞州有很多，马萨诸塞州是世界上占有原始森林与湖泊面积第二大的地区。我们慨叹美国地大物博的同时，更加羡慕的是他们治理生态的眼光，因为当工业革命在一步步侵蚀着这里的土地、森林和湖泊时，他们采取的是退耕还林的政策，有效地保护了大片原始生态的森林湖泊。最使我惊讶的，是当我们去参观威勒斯雷女子学院时所遇见的从未见过的原始生态的自然之美。我对这个学校培养了多少各国的元首夫人和巨贾名媛没有多大兴趣，诸如中国的宋庆龄、谢冰心都是出于此校，让我震惊的却是她拥有的广袤森林和似乎比瓦尔登湖还要大的湖泊，还有那连绵不绝的成片草坪。这是世界上最美的女子校园，每天的每时每刻，你在湖边漫步都能够呼吸到大自然馈赠予你的最优质的空气，看到美女们惬意地躺在草坪上看书，慵懒地枕在湖边的草坪上晒太阳，你会顿生羡慕嫉妒恨。然而，更能吸引你眼球的却是栖息在湖边枯枝上的野鸭和游弋在湖面上的野天鹅，它们自由放松地与你共同栖息着。

其实，瓦尔登湖水面并不算大，且周边的森林和土地都很有限，加之公路又从这里穿过，面积就更小。她本是一个自然公园，非旅游旺季时游人并不如织，她因一个并不十分伟大的作家而出名，却唤不来人类对她的深刻思考，也只有当世界感觉到工业革命和后工业革命带来的后果不仅是环境的破坏，同时也给人类的精神世界带来了不可疗救的创伤时，才凸显了梭罗行为艺术的意义，以及他的作品深远的历史价值。

这里的中国大陆游客甚少，或恐是因为读过梭罗作品的人并不多。所以，我既为瓦尔登湖庆幸，又为中国游客遗憾。庆幸的是瓦尔登湖没有被如潮的中国游客所惊扰，她安详依旧；遗憾的是国人尚未意识到资本世界的工业革命给自己的家园带来的将是一个什么样的后果，因为他们没有从瓦尔登湖这面清澈明亮的镜子里，看到另一个世界的倒影。

梭罗当年诅咒工业文明对原始生态的破坏，文章里描写的那个冒着白烟的蒸汽机火车穿行在瓦尔登湖旁，正是对工业革命的抗议，如今这条铁路仍然横卧在那里，不过比起中国大陆的高铁而言，它又是那么落后和原始了。据说中国要为美国西部建设一条几千公里长的高铁，那将是后工业文明在宣示着它对美利坚共和国原始森林和山川湖泊的又一次挑战。这个老牌的帝国主义将情何以堪，如何面对呢？

当我们离开瓦尔登湖时，那个年老的守门人告诉我们，瓦尔登湖旁边的许多地方也将面临着拆迁，这个消息对于在地下或是天上的梭罗来说，不知会如何看待？看到他所供奉的“神的一滴”遭此厄运，他会一声叹息吗？

不过，让我思考的另一个问题是，为何梭罗当年也没有能够坚持不懈地在瓦尔登湖过着原始人的生活，而是在两年后又回到了城市和人群中？无疑，人类对大自然的破坏是一种罪孽，但是人类要发展，就必须付出一定的代价，而如何将代价降到最低值，让现代文明去除污秽和血，以美好的姿态还自然和原始予人类生活，这才是梭罗作品的全部意义所在。

我们不能成为叶公好龙的旅游者，我们在回归自然景观的同时，需要用大脑去思考人与自然如何相处的问题，而非完成一次旅人的浪漫主义的文化消费。

2015 年 10 月 3 日写于纽约至上海飞机上

刊于《文汇报》“文汇笔会”2015 年 10 月 20 日

梭罗：把世界留给黑暗和我

在瓦尔登湖畔踽踽独行的梭罗整天在思考什么呢？他离群索居的目的不是就为了欣赏这片并不起眼的湖光山色吧，当我漫步在瓦尔登湖边小道上的时候，就猛然想到了这个问题。

读梭罗的文字，你一边会被他充满着野性气息的、优美如画的形而下的生动文学语言文字所吸引，同时又会被他那艰涩而捉摸不定的形而上哲思所困扰。

其实，作为爱默生的学生，梭罗是他们那个形上的超验主义最前卫的践行者，他不惜用两年多的孤独去体验人在脱离“有机社会”时的感受，以及用决绝的生存姿态去抗衡资本主义侵入自然和原始的罪恶。

其实，作为一种学科的分类，至今尚有许多人还弄不清楚“生态变迁史”与“历史变迁的生态系统”的区别，这一点卡洛琳·麦茜特在《自然之死》的第二章“农场、沼泽和森林：转变时期的欧洲生态”中阐释得就非常清晰：“关于历史变迁的生态系统观，所重视的是各个历史时期与既定自然生态系统（森林、沼泽、海洋、溪流等）相联系的资源，与影响其稳定性的人类因素之间的相互关系。把历史变迁当作生态变迁，强调的是人类对于包含人类自身的整个系统的冲击，而所谓生态变迁史，即生态系统得以维持或破坏的历史。”① 无疑，作为一个自由个体的自然学家的梭罗，他既不是“生态变迁史”的研究专家，也不是“历史变迁的生态系统”的理论探求者。他是一个与这个世界群居人隔绝的孤独者，他才是真正“生活在别处”的“自然人”！爱默生说这是“生活的艺术”，我却以为这是“艺术的生活”。因为梭罗才是一个真正永远“在路上”的行者，爱默生说他“自由自在地在他自己的小路上穿行”，除了获取最基本的生活必

---

①《自然之死》，［美］卡洛琳·麦茜特著，吴国盛等译，吉林人民出版社，1999 年 4 月第 1 版。

需品，他的全部精力都集中在亲近大自然当中，穿梭在原始文明的时空之中，他偏爱植物，偏爱印第安人，都是对现代文明的一种反抗。他有许多在第一线采集的植物标本，观察鸟类的记录，以及测量地理环境的档案，却从不交与官方的研究机构，因为他把这些活动当作生活的全部，把它认定为“艺术地生活着”的享受，所以他的导师爱默生才会这样定义梭罗：“在他心目中每一事物都光辉灿烂，代表着整体的秩序和美。他决定研究自然史是天性使然。”在我们看来是孤独、无趣、枯燥的生活，却在他的人生航行日记中变得如此灿烂辉煌、丰富多彩，他孤独而诗意的栖居，也是他生活的全部文学艺术颤音都来自：“他的眼睛看到的是美，他的耳朵听到的是音乐。他发现这些，并不是在特别的环境下，而是在他去过的任何地方。他认为最好的音乐是单弦；他能在电报机的嗡嗡声中找到诗歌创作的灵感。”用爱默生的话来说就是“他是适于这种生活的”，“他如此热爱自然，在它的幽静中享受快乐”。① 他是融入自然的自然人，因为他的生活是艺术的，毫无功利性。亦如梭罗自己所言：“当时他问

① 以上的引文均出自爱默生《梭罗小传》，引自《瓦尔登湖》，［美］梭罗著，许崇信、林本椿译，译林出版社，2011 年第 1 版。

我怎么会心甘情愿地放弃这么多人生的乐趣。我回答说，我确信自己相当喜欢这种生活；我不是在开玩笑。就这样我回到家里上床睡觉了，让他在黑暗泥泞中小心行路，前往布莱顿——或者光明之城。”[①] 显然，把孤独当作黑暗还是光明，其答案在梭罗的世界里俨然是与常人相悖的。究竟是梭罗走进了黑暗，还是人类走向了黑暗？这是莎士比亚的哈姆雷特之问。

诚然，享受“生活的艺术”和寻觅“艺术的生活”成为梭罗的一种孤独的生存法则，无疑，这种生活状态会被生活在群居状态中的人类视为“精神忧郁症”的表现：“我不会比湖中放声大笑的潜鸟更孤独，也不比瓦尔登湖本身更孤独。”[②] 所以，梭罗说出了一句至理名言：“上帝是孤独的——可魔鬼却绝不孤独！”[③]我们广大的群居人类不正是被魔鬼缠身，自己也成为群魔乱舞中的一员了吗？无疑，他的生态美学是建立在“非人类中心主义”立场上的，这俨然是脱离了“人类中心主义”的价值判断。然而，他用两年多的时间去体验与人类隔绝的离群索居生活，其真正的目的却是在孤独之中寻

①②③《散步》(节选)，引自《伤心的“圣诞节快乐”——美国散文选》，[美] 梭罗著，孙法理编译，译林出版社，2015 年 9 月第 1 版。

觅和倡扬那种人类的原始野性。

因此，追求原始野性成为梭罗坚持他心中的美国精神的一种标尺。梭罗这种反文明进化的行为缘于其反对现代文明的核心价值，这正是他走向那个自由王国的必出之路。也许，我们可以从梭罗的文章中找到答案："每一个后来的名城的建造者都是从类似的野蛮的乳头吸取乳汁的。"[①]作为一个被现代文明驯化过的人，当我们躺在野蛮的怀抱里吮吸着她的乳汁的时候，我们并没有意识和感觉到这种野蛮文明原始动力的力与美。所以，梭罗呼喊出来的话语是叛逆性的："生命存在于野性之中。最有生命力的是最有野性的。没有被驯服过的野性能使人耳目一新。""使我们喜爱的东西正是那些没有受到文明影响的、自由的、野性的东西。""简而言之，一切好的东西都是野性的、自由的。音乐的乐曲，无论是乐器演奏的或是歌喉唱出的，例如夏夜的号角，它的野性都令我想到野兽在它们生长的森林里的叫声……野蛮人的野性不过是善良的人和恋爱的人彼此接近时的庄严慑人的

---

①《散步》(节选)，引自《伤心的"圣诞节快乐"——美国散文选》，[美]梭罗著，孙法理编译，译林出版社，2015年9月第1版。

野性的微弱象征。”[①] 在梭罗的生活词典中，那种诗意的栖居正是谱写在那原始野性的音符之上的，文明人对野兽的嚎叫是本能恐惧与厌恶，却俨然成为梭罗世界里的美妙乐章。这就是梭罗能够在孤独枯燥的生活中找到无尽乐趣的秘诀，因为他不愿意被人类的现代文明同化，而降低了作为一个高级灵长动物的自然野性和独立生存的能力："在成为社会的驯服成员之前，人类自己也有过一段野性难驯的时期。毫无疑问，并不是所有人都可以成为文明的顺民的。因为大多数人都像羊和狗一样，从娘胎里带来了驯服便去戕害不驯服者的天性，使他们降低到同样的水平，这是没有理由的。”[②] 这样的理念是反进化论的，但是，人们为何又对梭罗的理论与实践如此津津乐道呢？或许是现代文明在给人类带来无尽的享受的同时，带走的却是人性中那种最宝贵的自然野性吧。

有人认为梭罗的文学创作水平并不是十分高明的，这可能是因为他们没有完全理解梭罗的价值观念，我们可以从梭罗自己对文学的理解中找到确切的答案："表现自

①②《散步》（节选），引自《伤心的"圣诞节快乐"——美国散文选》，［美］梭罗著，孙法理编译，译林出版社，2015 年 9 月第 1 版。

然的文学在哪儿？能把风云和溪流写进他的著作，让它们代替他说话的人才是诗人。能把词语钉牢在它们的原始意义上，有如农民在因霜冻融化而高涨起来的泉水里钉进木桩一样的人才是诗人。诗人使用词语，更常创新词语——他把根上带着泥土的词语移植到书页上。他们的词语如此真切、鲜活、自然，好像春天来到时花苞要开放一样，尽管躺在图书馆里霉臭的书页中闷得要命——是的，尽管在那儿，也要为它们忠实的读者逐年开花结果，按自己种族的规律，跟周围的大自然声气相通。”[①]

窃以为，梭罗的这段话是对生活在现代文明中的许许多多作家提出的最为恳切的忠告。两百多年来，作家们的自然天性已然被物质化的现代文明所阉割了，自然和野性以及自由的天性业已荡然无存，他们对大自然的感悟能力的漠视与低下，是对文学作品诗性的亵渎，他们失去的正是“跟周围的大自然声气相通”，也就是周作人所提倡的“土滋味、泥气息”的消失殆尽，让作家们缺少了生命中的元气，“生命的流注”也就消失在文学作品的

① 《散步》（节选），引自《伤心的“圣诞节快乐”——美国散文选》，［美］梭罗著，孙法理编译，译林出版社，2015 年 9 月第 1 版。

天际线中了。

我过去对梭罗的作品理解不够深刻，如今再读，却有了很多的不同感受。梭罗为什么厌恶群居而去寻找离群索居的“孤独”，难道这只是一种哲学的思考？只是追求那种亲近大自然的生活艺术吗？我想，他还是有着另一层天然的生存意识的：“我发现孤独在大部分时间里都是有益于身心健康的。和别人在一起，甚至和最要好的友伴在一起，很快就令人感到厌烦，浪费精力。我喜欢孤独。我从没有发现一个像孤独那样的好伴侣。”① 他打破的是群居人“文明”的思维格局，寻觅“孤独”的诗意栖居，用个体的野性来面对大自然，并与之形成对话的关系，正如梭罗自己所言：“我的地平线给森林团团围住，完全属于我一个人；极目远眺，一边是铁路伸到湖边，另一边则是沿着山林公路的篱笆。但就绝大部分来说，我所住地方就如在大草原上一样孤寂。这里既是新英格兰，同样也是亚洲和非洲。我似乎有着自己的太阳、月亮和星星，似乎有着一个完全属于我自己的小世界。夜里，从没有一个旅客经过我的屋子或来敲我的门，就仿佛我是第一个或最后

①《瓦尔登湖》，[美]梭罗著，许崇信、林本椿译，译林出版社，2011年第1版。

一个人；除非是春天，村子里偶尔有人跑来钓鳕鱼——他们在瓦尔登湖里钓到的显然更多的是自己的天性，把黑暗当钓饵装在鱼钩上。不过他们很快就退走了，经常提着轻飘飘的鱼篓，把‘世界留给黑暗和我’（托马斯·格雷《墓园挽歌》，1751 年），而黑夜的核心却从未遭受到人类邻居的亵渎。我相信，人类一般说来仍然有点害怕黑暗，尽管妖巫全都给吊死，而基督教和蜡烛也已介绍进来。”[①]一边是象征着现代文明的铁路对自然环境的侵略，另一边是人们对孤独个体的骚扰，一个没有定力的人是无法拒绝“文明”的诱惑的，是没有能力抵抗个体孤独的精神困扰的，面对这个世界的黑暗，谁能如梭罗那样迎娶黑暗的新娘呢？一切人类文明的哲思与感悟在梭罗的眼里都是苍白的，即便是宗教信仰也无法进入他的精神领地。

于是，“把世界留给黑暗和我”便成为我们认识梭罗超验世界的一把钥匙：文明的世界需要的是光明，黑暗的世界是属于原始文明；群居的人类需要的是世界的和谐，孤独的个体追求的却是野性的思维，甚至是与自然和兽性的对话。

---

①《瓦尔登湖》，[美] 梭罗著，许崇信、林本椿译，译林出版社，2011 年第 1 版。

如此这般，我们能够在《瓦尔登湖》美丽的文字中接受一个另类梭罗吗?!

刊于《文汇读书周报》2016年5月2日

人·自然·神

《神的一滴》[1]选自美国著名随笔作家、诗人和实用主义哲学家梭罗的《瓦尔登湖》，被乔治·艾略特称为“深沉而敏感的抒情”的杰作。从表层结构上来看，作品描写的是湖光美景，很有诗意；而透过对美景描写背后的抒情与议论，我们看到的是一位伟大的哲学家对人与自然关系的沉思。虽然一百多年过去了，梭罗的担心和预言却越来越被这个高度物质化的世界所证明——世界的生态环境被破坏，人与自然的平衡与和谐被解构——人类的异化就是人成为了自己的敌人！

① “神的一滴”是我为节选《瓦尔登湖》入苏教版高中语文教材时截取文中一个关键词而命名的题目。

高速发展的现代化进程造成了自然生态的破坏，已经严重地威胁到人类的生活质量和生存环境，从生态角度来看社会，再以文学的形式来影响人类生态良性发展的自觉意识，已经成为当今生态创作中的一个极为重要的思潮。而梭罗在一个半世纪前的资本主义发展初级阶段就在他的写景散文中融入了这样先进的哲思与写作技巧，不可不谓大家手笔。

对大自然怀有一颗敬畏虔诚之心，应该是每一个有着人文情怀的人的基本素养，而人类在物质文明的诱惑中恰恰缺少的就是这样的自觉意识。作为公民教育中不可或缺的环链，对这种意识的培养应该是跨种族、跨国别的通识教育。从这个意义上来说，《神的一滴》是一篇最具教科书特性的文章，而且其文采与风格也具有风景抒情散文的示范性。

作为文本研习的优秀散文，这篇文章一开始对湖的描写就采用了拟人化的手法，它不仅增强了文章的生动性和审美性，更重要的是，它一下子就拉近了人与自然的距离。因此，它是作品基调的突出呈示。

值得注意的是，作品在采用第一人称写作时，其写景状物并非是按照空间转移的次序作为观察点的，而是采用了按照自己的感受来回忆出那些最突出的“景点”，也就是说，作品的进展完全是按照作者的抒情线索而展开的。这种写法对于习惯了按照时空变化来结构文章的一般作者来说，应该是一种新鲜的示范。一切跟着感觉走，按照生活经验所提供的主题与逻辑向前开掘，这也是散文随笔写作的另一种基本走向。作为文本创新，此文可以提供一个进行散文写作结构安排比较的空间，总结出这种写法的长处。

作品采用的是以优美的自然风景与恶魔般的机器污染的反差对比来突出作者的观点——对人类破坏自然生态行径的控诉。无论是浪漫诗意的风景描写，还是字字泣血的抒情，作者始终对自己描写的对象——瓦尔登湖抱着一种万分虔诚的敬仰之情，赋予她神性色彩。其实，真实的瓦尔登湖很小，但为什么会在作者的心灵中占有如此重要的位置，以至于把它作为神来顶礼膜拜呢？这就是作者在那首诗中表现出的近乎宗教般的意念——“我”的生命已然与自然的瓦尔登湖融为一体了，人与自然的和谐共生是这个世界生存的最高境界！这虽然是来自资本主义原始积累时期一个具有浪漫天性诗人的呐喊，但是它的回声一直传递到今天，其分贝愈来愈高，给予人类永恒的警示！文本最后一段抓住了火车上旅客的“一瞥”，足以成为胜似教堂钟声的人类心灵的祈祷。用

“神的一滴”作为作品的结尾，不仅成为画龙点睛的神来之笔，而且也是这篇文章对自然崇拜讴歌在最高点时的休止符，戛然而止，有统领全篇思想和情绪的神韵之功。

《神的一滴》作为《瓦尔登湖》的精彩篇章，它的诗意表达和自然天成的结构，以及思想的穿透力，是对散文文本审美性的开掘，更是对当今世界人类面临着的人与自然和谐共生主题内涵的发掘。

刊于《中学语文教学研究》2010年第三期

看风景的人[①]

汪曾祺就是一个看风景的人。

上个世纪八十年代初，一篇短短的寻梦文化小说《受戒》的出炉，突然扭转了自1949年以来的小说审美观念和重大题材的创作美学原则。人们惊讶地发现，文学作品原来是可以这样去吸引读者的。于是，一个既熟悉又陌生的名字便开始引领文坛风骚，汪曾祺遂成为一面旗帜，一批作家聚集于此，专注于美文的创作，一扫“伤痕文学”的云围，开启了新时期“文化小说”创作的先河。

① 此文是为《汪曾祺作品精选集》（北方联合出版集团万卷出版公司2016版）所写的序言，收入时有删节改动。

其实，翻开中国百年文学史，我们可以清晰地看到汪曾祺创作的师承，从周作人开始的“美文”和“小品文”的创作主张，以及从他培养的学生废名和沈从文的作品中，都可以寻找到汪曾祺创作的美学源头。同时，我们也可以从“京派”的创作中闻到同样的审美气息。

今天，人们开始了又一轮对汪曾祺作品的热恋，其中的缘故是足以令人深思的：为什么每每到了一个大的历史转折时期，都会出现追逐这种“平淡冲和”美学倾向的思潮呢？窃以为，躲开战乱与纷争，向往平静如水的真的生活状态，也许就是人类的理想主义诉求，恐怕也是每一个普通人的浪漫主义情怀诉求。文学需要表达的正是生活中的情趣之美，达到这样的境界，作家就获取了大量的读者，就占据了创作的制高点。如果能够在享受生活情趣之后，作者还能给我们留下思考生活哲理的空间，用隐蔽的“曲笔”和意会的方式，寓意出他要表达的哲思，那就是高手了，汪曾祺大约就算是这样一类的作家罢。

我读汪曾祺的作品分外亲切，那是因为他笔下的风景、风情和风俗，皆是我熟悉的生活画面：大运河、芦苇荡、菜畦、野菜、花园、校园、家园、父母、亲人、故人、乡音……

都会勾起我青少年时期的记忆。我插队的地方离汪曾祺的家乡很近，同属里下河水网地区，因此，那种对其作品的体悟就更深一层了。

在《我的家乡》中，那种熟悉的画面会永远定格在我的脑海之中：在“上河堆”上“看船”（其实就是“看风景”，但作者就是不用这样具有所谓诗意的文词，却漫漶出平淡而绵长的韵味），“弄船的”形状被极其简练的文字勾勒出来，而最妙处，则是“这些大船常有一个舵楼，住着船老板的家眷。船老板娘子大都很年轻，一边扳舵，一边敞开怀奶孩子，态度悠然。舵楼大都伸出一支竹竿，晾晒着衣裤，风吹着啪啪作响”。这段文字的画面感极强，舵楼、扳舵、娘子、开怀、奶孩子、竹竿、衣裤、微风构成的是一幅极富动感的风景、风情和风俗画面，看似平铺直叙的白描，却也深藏着作家自己的价值取向。此中最有神韵的四个字就是“态度悠然”，它传达给读者的是作家欣赏美的态度，如果你略过了这四个字，那么，你就看不到那个“看风景”的汪曾祺那双发现美的眼睛。那种眼神，你可以用炯炯来形容，也可以用直勾勾来描述。总之，你不可忽略的是作家的存在，不可忽视的是作家表达美学价值理念的通道，尽管有时这个通道是狭窄的、隐蔽的。与他的老师沈从文同题材的作品《丈夫》等相比较，汪曾祺的那种洒脱与放浪是乃师不敢彰显的一面。这些元素散发在汪曾祺散文作品中，比比皆是，虽不显山露水，却也能从中窥视到一个“美文”作家突破“平淡冲和”之美的藩篱的张狂。即便是在描写吃喝的散文随笔当中，也不乏那种勾连哲思的遐想。《端午的鸭蛋》写儿时吃高邮鸭蛋的童趣，最后一段用囊萤映雪的故事引发的读书感慨，亦是一种价值理念的表达：缺乏童趣的读书并非人生的本意。

毋庸置疑，在文学史表达的序列中，汪曾祺小说的代表作是《受戒》和《大淖记事》，它们写出了人生的另一种况味和审美方式，给那个转型时代人们的审美带来一种清新鲜活的沉实，也为共和国文学的美学转型起着承上启下的作用。但是，窃以为，汪曾祺最好的小说出品则是“故里三陈”系列，而其中以《陈小手》为最。短短的千把字所展开的艺术空间是浩淼的，所表达的历史与现实的内涵是丰富多彩的，如果在其他作家的笔下，一定可以延展铺陈为一个长短篇或者中篇，甚至结构成一个长篇，但是，汪曾祺却举重若轻，用极简的笔墨，如素描一般的笔法，构建了一个看不见的宏大叙事：封建主义的幽灵就游荡在我们的日常生活之中习焉不察。汪曾祺把阴暗的人性写到骨子里去了。一个几乎是小小说或是小散文的文字容量，却能够引发你无尽的哲思，这才是小说家的绝活。给团长太太接生的陈小手在汪曾祺的笔下信手拈来，但是，光人物简介就占了一半的篇幅，这些看似闲笔的文字，为陈小手最后那笔绝唱奠定了宿命的基础：当陈小手从团长太太下身掏出了难产的男婴，且保证了母子平安，高兴之余，团长好吃好喝招待一番，又赏银二十大洋，到此，小说应该圆满结局，但是，作者突然峰回路转地抹上了最后一笔："陈小手出了天王庙，跨上马。团长掏出枪来，从后面，一枪就把他打下来了。"这就显示出一个好的小说家对情节与节奏的把控，出其不意，方能制胜于千里之外。至此，一幅充满着暖中带冷的风景风俗画跃然纸上。

在这里，我却欲斗胆地说一句：可惜汪曾祺他老先生添了一只蛇足："团长说：'我的女人，怎么能让他摸来摸去！她身上，除了我，任何男人都不许碰！这小子，太欺负人了！日他奶奶！'团长觉得怪委屈。"这里虽然把一个军阀的丑恶嘴脸刻画得入木三分，尤其最后一句"团长觉得怪委屈"的画外音，把汪曾祺的价值观表露得十分清晰。然而，他却破坏了小说观念表达的隐蔽性，如恩格斯所言："观念越隐蔽对作品越好。”至此，大师的这幅优美含蓄的画面上添上了一滴墨迹，甚是遗憾。

我猜度，汪曾祺在写这篇作品时，因为人们的审美水平尚未达到一定的高度，他为了清晰地表达自己的观念，让读者在他揭谜底中得到教化，故直捣其墙，殊不知，他也犯了小说的大忌。

综观汪曾祺的作品，我们可以看出，他的作品是那种融风景、风俗和风情为一体的“美文”，是那种意趣第一，讲求在审美之中融入哲思的创制。时代需要这样的作品，但这绝不是唯一的审美方式。

汪曾祺是一个会看风景的人，更是那个参透风景中人之行状的高手。

东京大学的树

去过许多世界著名的大学校园，海德堡大学林间的哲学家小路，哈佛大学的大草坪，荷兰莱顿大学精美绝伦的大花园，法国巴黎大学的风景……都有各自的特色，有的是以自然美景著名，有的却是以人文建筑为傲。以自然景观为最者，当属最美国的威勒斯雷女子学院了，且不说其中的茂密树林中的参天大树和大片的草坪，仅那校园中的一个比瓦尔登湖还要大的湖泊，就力压世界任何大学的校园风景，湖边原始的树木丛林，湖里游弋的野鸭、天鹅……构成的是一道湖山沉思的天然风景线。当我漫步在这个大学校园中，看着那些随意躺在湖边的女大学生惬意而慵懒地在光影斑驳的树下读书，真的犹如进入仙境一般。望着湖对面那一栋白色的校长办公楼宇，俨然就像海市蜃楼的幻影，你仿佛看到的是世界上的名媛贵妇飘忽在缥缈的湖面之上，绝尘而去……

亚洲大学校园风景主要分布在中国大陆和台湾以及日本等地，像中国香港、澳门以及新加坡那样土地紧缺的地区和国家，大学校园是无风景可言的，除了挤挤挨挨的阴森高楼外，再无生物生长的空间了。倒是台湾的东海大学颇有几分姿色。中国大陆的百年校园之中有许多漂亮的校园风景，有湖山景色的如武汉大学，面临大海的有厦门大学，相比之下，北京大学里的未名湖就是一个池塘而已。而自从上个世纪九十年代以来的并校风潮，引发了轰轰烈烈大兴土木的建造新校园运动，每个学校都注重起校园风景线的设计。当然，那些树木的成长非百年是不可能形成令人叹为观止的参天大树的，校园的风景也是要有历史沉淀的，成林的大树仿佛成为一个大学校园风景历史的根基。

东京大学是一座历史悠久的大学，它在世界大学的学术排名是在前十的，然而，它的校园建筑却是其貌不扬，不多的几栋高楼也并不高耸入云，甚至使人感觉到低矮得有点近乎于寒酸。除了挂坠于墙体上斑斑驳驳的青苔，显示出它的沧桑感来，似乎别无特色。沿着大楼正在扩建的那个狭长的附楼竟只有十几米宽，还得让出高耸入云的大树的树干，足见其地皮的金贵。

靠近别馆的坡下有一汪池水，可称作东大校园最有自然风韵的一景吧，在我看来也就是一个小池塘而已。运动场上倒是经常有训练和比赛，平添了几分青春的气息。除此而外，似乎就没有雄伟的建筑物和可看的风景了。

引起我注意的是东京大学的三棵树。

一棵是山上会馆龙冈门别馆侧面的那棵大树，推开三楼的窗户就可以看到它蓬勃伸展的树枝，遮盖了整个停车场和垃圾场，但这棵大树似乎并不显眼，因为它藏在一群树之中，默默地成长着，只不过比其他的树木粗大一些而已，似乎永远成为不了东京大学的地标性植物。

还有一棵是在山上会馆正馆的侧面小山坡上华盖如同巨伞的大树，其树干并不高大，但是它的枝干覆盖面甚大，我们对这棵树的感情最深，因为无论是住在正馆，或是在正馆开会，我们都会选择在闲暇休憩时在荫蔽的树下聊天和抽烟，它是一个闹中取静的去处。早年那棵树下有两张破旧不堪的木椅，似乎暗示出这里是一个小憩之地，今年这里拆除了旧木椅，正儿八经地做起了两张水泥的石椅，虽然坐着舒适多了，也平添了几分现代感，却少了一些沧桑的古意和怀旧的遐想。显然，东京大学也没有将它作为地标性的植物。

第三棵就是东京大学地标性植物——教学大楼门前占地面积很大的那棵蓊蓊郁郁的大树了，显然，你一下子就会认定它才是东京大学地标。相比之下，它比前两棵大树还要高大，且华盖巨甚，除了向上生长的枝干密密匝匝，旁枝逸出的曲屈虬枝也森森然也。我想，这棵大树也许就是象征着东京大学这个母体用它的丰富的根系，哺育了一代又一代的学人罢，大树象喻的是一个取之不尽用之不竭的知识源泉，它所滋养的枝枝干干和每一片绿叶，都将成为装扮这个世界的有用之材。

这次开会期间，我注意到了那幅挂在会议室里的大幅油画，前两次是没有经意呢，还是新近增加的呢？它给了我极大的视觉冲击力。虽然不知道这是什么人画的，也不知道此画价值几何，但是，我一眼就认定了它就是东京大学那棵地标树，也判定它就是隐喻东京大学滋养学人无穷无尽的艺术内涵。

一所大学就是一棵大树，它只有根深叶茂，才有可能滋养哺育自身的躯干和绿叶，成长为巨树。根系深而大，枝叶才有可能茂盛，否则，就是无本之木。同理，一个没有历史和积累的学校，是不可能速成培养出栋梁之材的。

作为大学培养出来的学子，我们每一个人都受惠于这棵大树的培育，然而，我们每一个人有没有想过如何回馈哺育我们的母体呢？仅仅就是为这所学校奉金建楼堂馆所吗？

我的微信里传来一篇名为《大树之恩》的文章，有朋友建议收入小学语文课本，作为教科书来阅读：一个孩子从小就和大树一起玩耍，他一次次地索取了大树的枝干，一直到老了，当他最后来到再无可索取的大树下的时候，大树仍然无私地用自己的老根让这个老男孩休憩。这个大树的故事显然是隐喻了父母与子女之间的关系——我们如何来回报为自己无私奉献一切的母体呢？

于是，我就想，回报这棵大树的最好奉献就是用母体的滋养，再生出一棵树木，让它茁壮成长，每一个学生就是一棵树苗，待到树木成林时，就是这棵母体大树荣耀之时。

东京大学以大树为地标给我的启迪是：大学校园的风景之美固然是吸引人的地方，然而，大楼再高也并不能标示你培养的学生水平的高度，校园再美，也并不能说明你培养的学生更有人文素养，只有当每一个学生都能够在一个养分充足的知识环境中汲取营养，她才是最美的校园。

我像赞美鲜花那样去赞美一棵伟岸的大树！

2016年9月1日写于北京至南京高铁上

刊于《中华读书报》2016年9月21日

寻觅原始野性的风景线

大凡出门旅游的人，无非就是奔着旅游地的人文景观和自然景观而去的，就我个人而言，还是属于偏爱自然的那种类型的人群。到西藏去，到呼伦贝尔大草原去，到青海湖去，到天山戈壁去，到喀纳斯湖去……成为许多人皈依大自然原始野性的一种朝圣与精神返乡，从某种意义上来说，当一个人身处喧嚣的都市水泥森林之中，失去了与大自然的亲和力后，生存的意义就少了一种原始的野性，这大概就是梭罗所要寻觅的自然野性吧，所以他才选择了孤独的离群索居，这正是他自己内心所需要的那种诗意的栖居生活。所以，我把这种所谓的“生态旅游”行为看作是人在寻找孤独和原始野性的一种假性表演过程，人们是想通过这种代偿来满足回归自然、恢复野性的本能欲望。

这种想法早在前几年去青海湖时就开始萌动了，直到这次甘南之行才愈发强烈起来。

进入藏区，一切都会让人感觉到神奇，但是我的关注点却不在那种由于文化的“差序格局”下的落差和反差给我们带来的异域情调的神秘与惊奇，也许那些充满着密宗教派的神秘法事成为大家亟待窥视的欲念，塔与寺便成为人们关注的人文风景线，加上蓝天白云的映衬，似乎就构成了一幅最美的人与自然的和谐构图。我以为这种美景的确是赏心悦目的，但是，它却不能勾起我对大自然的礼赞和膜拜，因为这种风景长镜头中掺杂了人文的主观意念，即便是带有异域神秘色彩的宗教古意和原色，我却以为这是对自然的一种亵渎和强奸。只有当我们扑向大自然，真正面对了无人迹的草原和山峦的时候，那种蓬蓬勃勃的原始野性才能够在我们的心田复苏，那才是裸体的大自然与人类平等的对话，只有此时此刻你才能有权力拥抱自然，因为我们站在同一地平线上相拥。

也就是在此时此刻，不由得让你想起了那首老歌：“蓝蓝的天上白云飘，白云下面马儿跑，挥动鞭儿响四方，百鸟齐飞翔。”因为这个抒情的开头是对自然的崇拜，人和一切生灵都是自然的儿子，而非神和造物主的奴隶，因此，当我看到甘南藏区里鳞次栉比的华丽寺庙时，看到那壮观浩大的诵经讲堂时，看到浩浩荡荡穷经皓首的僧侣们虔诚膜拜时，我没有感动。深深打动我的却是那些并不宽广的草原和那个并不辽阔的湖泊，以及那些并不巨大的山脉。

比起内蒙古大草原来说，这里的草原最多只能算作一个中小型的草场而已，也没有“天苍苍，野茫茫，风吹草低见牛羊”的动人诗意，大约是这些中小型的草场逐渐趋于人工养护，已然失却了植物生长时的那种野性，因为我们已经很难见到那种杂草丛生的原始状态的植被情形了。

听说要去“尕海湖”，不觉心情一振，想象之中，那可能与青海湖一样壮观吧，但是，到眼前一看，那只不过就是一个不大的湿地而已，浅浅的一片水域，不禁使人“望湖兴叹”，倒是远处飞起的黑鹭让人顿生原始的古意。导游告诉我们，这个湖原来是非常大的，现在越来越小了，难怪偌大的湖区居然是用铁丝网围起来，变成了保护的对象。

看着这些被圈养了的草场和湖泊，我不禁慨叹：一俟大自然赋予生物的原始野性消逝，一切动物和植物也就失却了他们（它们）最具生命力的生动与活力。一旦成为人类视觉盛宴中的游览公园，它就是一具僵尸。

2016 年 8 月初稿

2017 年 2 月 21 日修改

刊于《文学报》2017 年 3 月 16 日

豁蒙楼上

今天是除夕的前一天，想必鸡鸣寺上的游人也该回家过年了吧。

这许多年来，几乎每天路过鸡笼山脚下，都没有再到鸡鸣寺上去游历一番的兴致。其中最主要的原因是怕一上山就搅破了少年时登临此寺的美好记忆。六十年代初，为了吃鸡鸣寺里的麻油素菜包子，曾经二上鸡鸣寺。若不是赶上香会，那里倒是个清静的去处。拾级登临此寺最高处，便是豁蒙楼和景阳楼，许多大中学生和文人墨客叫上一壶茶，就着素面点心，在这里读上一天书，不可不谓最惬意的事。七十年代当读到胡适《尝试集》中那豁蒙楼月夜小景下一对情人相对无语的情景时，不免对那斑驳的古寺更增添了几多亲近与眷恋。近读长辈友人忆明珠先生那篇《鸡鸣寺》的散文，更激起一种怀旧之感，“这里且说三十年前的我，不，是我在三十年前，每游鸡鸣寺，不去别处，总是径直走向豁蒙楼寻个座位，喊壶茶来，慢慢地品啜。那时游客寥寥，偶尔可闻隔座低语声、喧瓜子声、翻书声。一二老尼姑从容不迫地照顾客人用茶用点，多是静坐守候，偶而也可闻她们喃喃诵经声。板壁上高悬观世音画像，香炉中升起袅袅烟篆，异香盈室。这环境，简直像是名士的书斋”。此文写于1991年初，那么三十年前风华正茂的诗人忆明珠在豁蒙楼上读书作诗的那一刻，不知当时我这位来寻麻油素菜包的少年有无惊扰他的神思。

为写完《金陵古意寻踪》，我决定再上鸡鸣寺。

午后的冬阳爬上了鸡鸣寺的台坡，陡直的石阶道上，只有寥寥数人，心里暗自窃喜经过修葺的古寺，倒是像一个珠光宝气的贵夫人，一扫童年记忆中的那份破旧残败凋零冷清。拾级而上到了前殿，但见十几位年轻女子在烧香拜佛。在我印象中，上鸡鸣寺的善男信女，多半是老者，而如今却换了一茬小女子，真有点使人不敢相信这物化时代还能造就精神尤物，想必是这些时髦女郎在求子求婚吧。

修葺一新的庙宇大殿竟没有任何匾额题款，问及几位游人和工作人员，竟不知道鸡鸣寺里有个豁蒙楼，直到问及寺内老尼，方才寻到早已成为现代小吃部的豁蒙楼和景阳楼。

景阳楼里仍有三五个茶客在品茗，却无一读书人，也是，这已然是个读图时代了，在此读书，恐被人疑为痴人。回到豁蒙楼，几位红衣少女正在铺桌叫卖，见我入内，以为我是预定素食酒筵的食客，便允诺我上楼去看看。

上得楼去，顿觉豁然开朗。这是一个面临东北的窗口，放眼望去，绝无南边的压抑感，上了鸡鸣寺，你只要回头一望，便会感到层峦叠嶂式的林立高楼压得你喘不过气来，现代大都市的阴影全都笼罩在游人心头，遮蔽了人们灵魂的精神文化阳光。然而，此时你向北眺望，却完全又是另一番景象了，蜿蜒的台城逶迤东去，勾勒出金陵古城的典雅历史，北望玄武湖，一番雍容端丽的景象便跃入眼帘，脑际分明跳出的是一首首前人咏叹此景的千古佳句。只有此时，你方才感受到一个民族文化的延续。

豁蒙楼的历史比起鸡鸣寺的来，可谓小而又小、短而又短了。这个由殿后经堂改建成的楼宇，是两江总督张之洞为纪念在戊戌变法中殉难的六君子之一杨锐而建的，足见这位在官场仕途中饱经沧桑的清廷重臣的为官之道。而当年张之洞亲笔手书的“豁蒙楼”匾额早已成了杳然黄鹤，我想，也许“文革”初期就被红卫兵小将们扔进了历史的垃圾堆。然而，却不明白如今的文物部门为什么连一个标记、一纸说明都不舍得留给游人呢？

六君子中的杨锐是张之洞的得意门生，张之洞当年提倡“中学为体，西学为用”时，杨锐则为竭力鼓吹者，为张之洞主持“两湖书院”分校的工作。甲午战争后，某日，张之洞与杨锐同游台城，就在现今豁蒙楼基址上置酒论道，纵论天下大事，其中对杜甫的《赠秘书监江夏李公邕》一诗更是反复吟诵诠释，“君臣尚论兵，将帅接燕蓟。朗吟六公篇，忧来豁蒙蔽”。在国势危艰的彼时彼刻，师生二人忧国忧民之心可见一斑。六君子朝服弃市后，张之洞再督两江，重游鸡鸣寺，当然是悲从中来，不能自已，当即决定改建豁蒙楼，并作长诗《鸡鸣寺》。1904年楼建成后，张之洞不仅题了匾额，还专门写了跋文：“余创议于鸡鸣寺造楼，尽伐丛木，以览江湖，华农方伯捐资作楼，楼成嘱题匾，用杜诗‘忧来豁蒙蔽’意名之。光绪甲辰九月无竞居士张之洞书。”张之洞作为清朝命官，当然不敢公开为其弟子门生平反昭雪，但只一句“忧来豁蒙蔽”，就将这位总督繁复的内心世界涵盖其中了。然而，张之洞却绝对想不到本世纪以来有多少文人墨客在此楼上彷徨、豁蒙，留下了一段段不了的情缘。

三十年代初，也就是六十多年前，中国的一位“生不见人，死不见尸”的大“右派”储安平在风雨飘摇的春天来到了豁蒙楼，带着青春朝气，踏着轻盈的步履，储安平上豁蒙楼来解惑了。虽然在此前的十年，储安平在南京读高中时，也常常来此读书吃茶，但却绝无那日冒雨前来的激情和兴致。

读储安平 1932 年所写的《豁蒙楼暮色》(《新月》第四卷第七期）一文，感慨万端。我是不相信迷信的，然而读了这篇文章，我却感觉到此文实乃储安平的谶文。其时的储安平正迷恋于“新月派”的诗人气质中，那种执着而又无忌的诗人性格的暴涨，为他日后的政治生涯埋下了祸根。在这雨雪交加的早春，储安平沿着台城走来，“村庄如睡，树木安静，湖水没有言语。纵然有雨点在逗，但在全景上，也仅仅因此加重一点灰色，如一个年轻的新寡，在严肃的城墙下，守着静穆，不敢叹息”。这就定下了此文的基调，仿佛知识分子生就的就是一副忧郁的面孔，这忧郁的面孔之下是一颗为寻找真理而跳动的心。“我在台城上这样闲散自在地走着。我俨然如天地万物之主，又俨然觉得天地万物间无我。既无我，也无我之叹息了吧。”这等潇洒，亦这等狷狂，注定了储安平的悲剧命运。

踏进豁蒙楼，首先听到的是那奇诡的钟声。“庙堂里的晚钟，那样沉着地破空而来，真使人听了吃惊不止，钟声在空中持久地回荡，若有无限禅机……这钟声在空中之回荡，真能使人听之默念自己也是一个罪人。”在这一片禅机之中，储安平其实早已不惑，早已豁蒙了，虽然“人世一切真是非理可喻”，但是，“被远山背后的反光所耀，我从幻想中再去看湖光暮色。湖面被夕光耀得加倍平软，加倍清新，同时又加倍惨白。纵然天地立刻将成黑暗，但果能在黑暗前有这样一次美丽的夕光，则虽将陷入于黑暗，似亦心甘”。正是这样的豁蒙，使储安平在1957年以后走上了右派的道路，闪现了“这样一次美丽的夕光”，果然“陷入于黑暗”之中而撒手人寰。正如他在下文中所言，“曾经在我自己的《感情的颜色与光彩》一文里说起一个人的感情有严肃与泛滥。严肃与泛滥的程度相差到可惊，这真是我之固执了”。我想，倘若储安平在那场运动中不那么严肃与固执，多一点“糊涂”，少一点聪明，也绝不会落得个死无葬身之地的下场。可偏偏是刚直文人的积习将他送上了革命的断头台。信仰，对于每一个正直的文人来说，要比生命值钱得多，能在这个意义上豁蒙的人，才是最无私无畏的人。就此而言，鸡鸣寺里的钟声不就象征着一种执著的信仰吗？它成为像储安平这样的文人的灵魂支撑物："我沉下心来听禅堂里的钟声。我的幽魂像寄托在这钟声里，一个圈子一个圈子地波荡出去，虽然微弱到仿佛灭亡，但仍永远存在在那空间的哪。"尽管作者前一段描写了那似梦非梦的与和尚的对话情景，表现出对人生的困惑，但是，作者为自己心灵的豁蒙却是执著坚定的。它的意绪一直绵延到二十多年后"宁为玉碎，不作瓦全"的文人秉性，直接导致了以身家性命作赌注的政治拼搏。

《豁蒙楼暮色》的最后是以梁任公所题对联为结束的："江山重复争供眼，风雨纵横乱入楼。"此联早已不复存在了。但是纵有再多风雨乱入楼，想必亦是蒙不住储安平这样可以在历史上书写一笔的文人的眼睛的。

据说1946年郭沫若来南京时，曾到过豁蒙楼，这在他的长篇特写《南京印象》中有所记载。我们尚不能猜度郭沫若先生站在豁蒙楼上的真实感想，但是从他当时在豁蒙楼抽签的举止来看，郭沫若与储安平相比，政治上可谓成熟老到了许多。同为文人，郭先生的豁蒙却是另一种状态。“难得糊涂”、见风使舵，可谓文人的另一种生存形态。据说当时郭沫若抽的是第三十五签，为上中签，内云：“衣冠重整旧家风，道是无功却有功。扫却当途荆棘碍，三人共议事和同。”此签虽然纯属偶然，但也恰恰道出了郭的政治处境：第一句是指抗战胜利；第二句是说郭对抗战有巨大贡献；第三句是指要扫除阻碍国家命运的党争；第四句则是指马歇尔和国民党代表徐永昌、中共代表周恩来三人共同商讨国共合作大计。而郭沫若却似乎看不懂，连声对身旁的《南京人报》记者说：“没意思，没意思。”作为当时游弋在国共两党之间的文人，郭先生当然不便说什么。联想到他老人家在1949年后的种种表现，尤其是“文革”初期的焚书之举，真令人感到先生在政治上的豁蒙是那样经不起历史的推敲和检验。

杨锐的豁蒙导致了杀身之祸，但他的君子风度千古垂范；储安平的豁蒙亦导致了“全民共诛之”的下场，但他的固执人格常被历史所记取。储安平“生不见人，死不见尸”，他的肉体有无消逝在人寰并不重要，只要他的精神永驻知识分子心间就足矣。我宁愿相信储安平在1966年出走云游了，也不愿认为他已自绝于人民的说法。因为他离我们太近了，仿佛鸡鸣寺的钟声一样，时时在敲打着我们的灵魂。恍惚中，那位敲钟的老衲就是储安平的化身。梁武帝不是曾经四度舍身在鸡鸣寺（同泰寺）剃度为僧吗？他最后不是饿死在台城，与此名刹共生死吗？从中我们不是亦可见“侯景之乱”中梁武帝的气节吗？！而豁蒙楼下的那口胭脂井却负载着金陵的千年耻辱。南朝的最后一位皇帝陈后主整天穿梭于华殿丽阁之间，声色犬马，沉湎于酒色之中，隋军攻入皇宫，陈后主带着爱妃张丽华、孔贵妃躲进了景阳楼的枯井，这就是遗臭千古的“辱井”故事，曾巩有铭文曰：“辱井在斯，可不戒乎？！”王安石亦有诗曰：“结绮临春草一丘，尚残宫井戒千秋。奢淫自是前王耻，不到龙沉亦可羞。”历史是最公正的法官，它不以帝王为尊，亦不为贫民而卑，更不会为善辩的文人所惑。这正应验了元朝诗人萨都剌的词句：“玉树歌残秋露冷，胭脂井坏寒螿泣。”

“南朝四百八十寺，多少楼台烟雨中。”历史的沧桑抹去了南京多少楼台，但它留下了四百八十寺之首刹——鸡鸣寺（原同泰寺），作为金陵兴盛和耻辱的历史标记与象征，鸡鸣寺的钟声时时在敲打着钟山足下的士子人格。虽然如今很少有南京人知道鸡鸣寺上的豁蒙楼，虽然物质的外壳已将此刹此楼装点得面目全非，但终究历史会铭记本世纪以降上演在此楼的心灵活剧。豁蒙楼，今安在？它矗立在学子士人心灵的山冈上。

下得山来，路边不时冒出一些看相算命的先生，我说，我今天是来给鸡鸣寺踏勘风水的，看它还有多少年的高寿？看相者们连连说道，今天碰上了高手。

殊不知，谁能救治现代都市文明给人文心灵带来的长久创痛呢？谁来做豁蒙者呢？!

1998 年 1 月 29 日

刊于《钟山》1998 年第三期

《新华文摘》1998 年第五期

旧都感言[①]

我的出生地是原苏南公署所在地的苏州，可就在我出生两年以后，适逢苏南公署与苏北公署以及南京市合并成为江苏省，于是很快便随父母迁徙到省会南京，除了上山下乡插队和客居扬州的十几年外，我在这方土地上生活了四十几年。我喜爱这座城池，不仅是她有十朝古都的沧桑感和深厚的文化底蕴；更重要的是，她朴实敦厚、大气宽容的城市性格与博大襟怀养育了多少代文人墨客、布衣市民、达官商贾和帝王贵胄。十朝建都于此，尽管在这个城池里演绎了无数的历

① 此文原为《金陵旧颜》一书的序言。

史悲剧和风流人物故事，一切皆为过眼烟云，尽管她尚有许许多多不尽人意之处，但是，能让南京人引以为荣的却是她那始终不随波逐流的坚韧文化性格，这也是我长于斯、读于斯、写于斯、学于斯、教于斯，乃至死于斯的理由。

中华民国乃是在南京建都的最后一个朝代，从1912年到1949年，虽然只有三十七年的历史，中间还夹杂着八年抗战，但是作为中国社会走向现代的不可或缺的历史环节，作为民国首都，她扮演着的政治角色自然无须赘言。“金陵王气黯然收”成为历代文人对南京政治文化的千古咏叹，而我关心的却是她的原始真容和各色人等彼时的生存境况，以及这个城市宽厚的文化性格。因而，这就成为我编选这本文人墨客书写民国时期金陵旧颜的初衷。民国文人怎么看南京固然可以有不同的价值理念，但这并不重要，关键的问题是，能够在他们各自抒写的故都容颜旧貌、生活气息和人物情状中窥见到那一幅幅历史的长镜头，从这历史的“活化石”中体悟到现实的文化意义。如此这般，则是我最感欣慰的事情了。于是，寻觅民国文化风景线的核心内涵才是我对现实的回答。

金陵的文化风味在哪里？她不仅存在于其半城半山水的风景之中，也不仅流淌在大街小巷的书肆、茶楼、饭馆、青楼等活色生香的食色风俗里，更不仅洋溢于无处不在的方言俚语的喧嚣中，而是漫漶在那慢悠悠的市井生活和散淡的文人心态里。唯有此状态——把生活作为一种人生的自然旅程，才能养育出一批批恃才傲物、独立特行的文人。或许，南京的大气也就在于此罢。

金陵文化的风骨在哪里？我曾经在那本《江南悲歌》的随笔集里说得十分清楚了：文人的才气固然很重要，但是，如果他是一个缺钙的士子，没有“独立之思想，自由之意志”，遑论学问之风骨？而没有风骨的文人，却如行尸走肉耳。于是，读者诸君亦可在此书中读出一些民国时期文人性格的况味来，那也是另一种读书的乐趣。

文人热爱南京是有缘由的，正如陈西滢在《南京》开头就说的那样：“要是有一天我可以自由地到一个地方去读我想读而没有工夫读的书，做我想做而没有工夫做的事，我也许选择南京作长住的地方，虽然北京和杭州我也舍不得抛弃。”或许南京没有“京派文化”的那种皇城根下的官气和傲气，也没有“海派文化”的那种商气和洋气，然而，她却是读书人的最好去处，这也许就是我有两次与“京派”和“海派”生存环境结缘却毫不犹豫舍弃的原因罢。

人生乃匆匆过客，我热爱南京的原因，是这座城池的包容性和城市景观的大气，所谓“金陵王气黯然收”，我并不想奢谈封建帝王在堪舆学中所注重的城池“王气”与“瑞气”之说，却以为“黯然收”更适合这个城市收敛的文化性格。正如陈西滢在《南京》里所言：半城半乡的“南京是最好的读书去处”；那蜿蜒的明城墙透露出的无限沧桑感……所以，一生中，我放弃了几次北上和南下的机缘，终老在此而无怨无悔。

我爱这方热土，不仅仅是有一种故园的眷恋，更是因为在这山水城林之中埋藏着我一生的读书梦和生活梦。

刊于《扬子晚报》2014年4月30日

后收入《金陵旧颜》，

南京出版社，2014年8月出版

桃花扇中的风景

十八年前，我写了这篇文章，对侯朝宗（侯方域）的人格操守多有诟病，然而，让我始料未及的是，侯朝宗的家乡文人们在《商丘日报》上掀起了一场声讨我的热潮，那意思就是老侯同志并没有如我所说“中了副榜”，投降了清廷，对于这些滑稽可笑的回护，我只能报以一笑而已，其实中没中清廷副榜是有案可查的，随便翻翻辞海之类的工具书便知。最近，《桃花扇》又将作为南京的一张文化王牌隆重推出，我翻检出十八年前的旧文，重新修改，意在提醒南京文化历史的制造者们，千万不可忘记文人士子的道义与人格，再来一次“桃花扇底识前朝”（恕我将“送”改为

“识”）吧。

十八年前，江苏省昆剧院重新排演《桃花扇》，其中剧情亦有所变动，昔日云亭山人孔尚任给侯方域留下的那条不甚干净的尾巴，似乎被剧作者们搞得不清不楚了。回想近几年来，由于南京文化的勃兴，一些文人便陆续为诸如侯朝宗这样的失节士子翻案了。作为对一个文学形象的重塑及心理发掘，当是无可非议的。但是，这一文学行为的价值标准是什么，倒是值得深究的。如果它于南京这座城市精神的文化建设毫无益处，相反，是对这个城市的城格和人格的亵渎，恐怕是不足为取的。

所谓“桃花扇底送前朝”，重要的意义是在两种不同的人格气节对比中，映现出“桃花扇”的本意所在。作为一个彻头彻尾的悲剧，它的表层结构是爱情的溃灭，而其深层结构却是一代名士精神的猥琐与绝代佳人浩然的正气之间无可调和的分离，这才是江南士子真正的悲歌所在。

侯方域虽然不是江南人，籍贯为河南商丘，但他的文学活动及仕途经济均行走于江南，明末与冒辟疆、陈贞慧、方以智并称为“四公子”，可见其在江南士子中的影响是非同小可的。侯方域善诗能文，著有《壮悔堂文集》《四忆堂诗集》，可见其文采一斑。甲申南渡，“明季四公子”麇集金陵，诗酒论道之余，更是以狎妓为幸事。作为“复社”名流，他的风流倜傥和横溢才华，当然为秦淮名妓所青睐，因而他与李香君一见钟情亦不足为奇了。当时的秦淮名妓个个有才有识，敢憎敢爱，所谓“慧福几生修得到，家家夫婿是东林”，可见江南复社名士们在秦淮名妓心目中的地位。诚然，侯朝宗作为一个活生生的人，身处那个动荡的历史时期，出于生存的本能，往往在人格的精神悖反中游弋，也是可以理解的。然而，我以为他的一生中却有两大错：一是反复于权奸阉党阮大铖之流的恩威之间；一是降顺清廷，考中副榜，从人格上彻底背叛了东林党人的操守。

其实，侯朝宗在明崇祯十二年来南京时，还是由阮大铖出资托杨龙友引荐相识了李香君，由此可说阮是这对千古才子佳人悲剧的牵线人。也许是出于“受人之恩当涌泉相报”古训的熏陶，也许是左右逢源的秉性使然，侯朝宗曾经允诺过阮大铖为其排解、开脱罪责，这显然是违背了东林复社的党义。在大是大非面前，侯朝宗的犹豫徘徊，又一次暴露了士子灵魂深处的污垢，亦如钱谦益在清军兵临城下时犹豫不决而柳如是决意投水示诚一样，此时，李香君命侯公子严辞拒绝，才算保住了他前期的名节。因此，阮大铖才怀恨在心，构陷侯与左良玉勾结谋反作乱，怂恿凤阳督抚马士英杀之，侯亦只有逃到漕抚史可法处。一帖《留都防乱公揭》为“明季四公子”崇尚气节的凛然正气画上了一个重重的惊叹号。殊不知，其中侯朝宗的心灵深处多少是平添了几分无奈的，它遮蔽着侯公子人格分裂的病根。

南明小朝廷覆灭后，“明季四公子”相约誓死不事新朝，侯公子还相劝后来终于降清的江南士子吴梅村不要出山，有吴梅村《怀古兼吊侯朝宗》一诗为证：“死生总负侯嬴诺，欲滴椒浆泪满樽。”比起吴伟业来，侯朝宗当然是干净得多，因为他终于没有出仕。但是，与“四公子”中其他几位士子相比，便足见其人格的猥琐。冒辟疆终于与董小宛相携躲进了如皋的水绘园了却残生；方以智则削发为僧遁入空门，寻着科学的人生道路前行，终于在拜谒文天祥之墓的路途中找到了最后的精神归宿；陈贞慧则先被阮党投入牢狱，明亡后则隐居乡里，永不出山。偏偏就是侯朝宗动了凡心，中了副榜。这才应该是《桃花扇》悲剧高潮的关键所在，也许你可以说，这是侯公子的一念之差，但正是这一念之差，衡量出了一个士子的真正人格心理。孔尚任没把悲剧高潮建立在这一基础上，不能不说是受一种爱情力量的驱使。侯李最终的分道扬镳，其爱情悲剧的根源就在这人格的落差之中，侯朝宗注定要成为悲剧主人公李香君辉煌人格的反衬，只有这样才显现出孔尚任这位戏曲大师与众不同的大手笔之处。可惜《桃花扇》的剧情走向不是如此。

二十年前读周黎庵先生所著《清诗的春夏》(中华书局香港有限公司 1990 年 4 月版)，受益匪浅，亦可见先生对清诗研究的精深造诣。但周先生为侯朝宗鸣不平的断语，晚辈是实难苟同的："其实侯朝宗在清朝不得已出去应河南乡试，只中了一个副榜，连举人都没有中试，以后也不曾做官，算他是失节的贰臣，总说不大过去，云亭山人也过分了一些吧！何况侯朝宗曾劝过他的好友吴伟业不要出仕……吴伟业当时并无异词，何云亭山人之喋喋为！"殊不知，云亭山人孔尚任的人格视角与一代降臣吴梅村的人格视角完全是两样的。尽管吴梅村在清诗的地位上甚至高出钱谦益、顾炎武，独创了"梅村体"，但是，他的人格地位却和侯朝宗一样，输在顾炎武及"四公子"中的其他三位之下，甚至连侯朝宗都不如，何能以他之喋喋为?!

孔尚任将《桃花扇》当作南明王朝兴亡的历史画卷来

抒写，旨在弘扬一种文人士子的悲壮人格精神，他所塑造的秦淮名妓李香君的艺术形象之所以能够超越历史而长留于民间，甚至于后来人们在为“秦淮八艳”排座次时，总是将她置于首位，正是人们臣服于人格魅力的表现，正是大家对不屈精神的顶礼膜拜。李香君作为一个不朽的艺术形象，映衬出了晚明一大帮江南士子中的堕落文人的丑恶嘴脸，同时也倾注了《桃花扇》作者一腔正气和热血。孔尚任创作《桃花扇》不仅仅是踏遍金陵芳草地去寻觅侯李的历史踪迹，更重要的是他在历史的缝隙中寻找到了行文的最佳视角。据说他游历江淮三载，首先是登上扬州的梅花岭，拜谒史可法的衣冠冢，从这里，他肯定是找到了表述《桃花扇》主题的精魂气韵之所在！从这个意义上来说，《桃花扇》是尚可再行升华的。而为侯朝宗的翻案，亦难以对这个物欲横流的时代有所裨益。作为一段民族的痛史，《桃花扇》传奇在今天的意义就在于拯救那种失去价值导向的文人人格的迷惘。这点孔尚任说得很清楚：“知三百年之基业，隳于何人？败于何事？消于何年？歇于何地？……惩创人心，为末世之一救矣。”历史的更替，这是必然的规律，而“惩创人心”则是万劫不灭的精神搏战，是文人士子寻找精神栖居地的历史借鉴。

据载，侯朝宗降顺清廷后，曾为清总督出谋献策剿杀农民起义军。虽然李自成的农民起义亦有许多反历史反人性的硬伤，但从另一个侧面可以看出侯公子是仍想效力清廷的。侯死于1655年，他在郁郁中死去，我想，他的灵魂是不得安宁的，因为他背叛的不仅仅是“扇血点染桃花”的忠贞爱情，更难容忍的是他出卖了一个士子独立的人格和不屈的灵魂，拱手交出了精神的自由。

李香君的悲剧命运归宿在《桃花扇》中没有续笔，这是孔尚任的败笔，作为古典悲剧艺术，用亚里士多德的观点来说是“引起人们的同情和怜悯”，而未能将李香君的“死”戏做足，就不能更强化这悲剧的深刻文化内涵和人格内涵。据说她生前常在南京远郊的栖霞山葆贞观附近的桃花涧浣纱，死后就葬在桃花涧里。这种传说未必是真，且亦过于浪漫。我想，李香君也并不能看破红尘，她亦会被那段刻骨铭心的爱情困扰一生郁郁而终。但是我绝对相信在那个极乐世界里，李香君的灵魂再也不会陪伴侯公子了，因为侯公子的灵魂已经打上了人间的耻辱标记，与李香君无瑕的灵魂相比，侯公子只能自惭形秽。

桃花扇底送走的不只是前朝艳史，桃花扇底送走的是一个卑微的死魂灵。

1997年3月27日初稿

2015年4月30日再修改

刊于《现代快报》2015年12月21日

秦淮烟水

前人云："金陵卖菜佣，亦有六朝烟水气。"

大凡清流名士，无论是古代的，还是现代的，到了南京，势必要去领略一下秦淮风光，与其说是观赏明代的古建筑群，不如说是去寻觅桃花扇底的秦淮烟水和六朝金粉。亦如梁实秋在二十年代初游秦淮河时所言："我不禁想起从前鼓乐喧天灯火达旦的景象，多少的王孙公子在这里沉沦迷荡！其实这里风景并不见佳，不过在城里有这样一条河，月下荡舟却也是乐事。"(《南游杂感》)

文人骚客追寻的是一种秦淮文化，秦淮文化是什么？它的表层结构是满足人们，尤其是达官贵人生理感官上的需求。

吃喝玩乐，尤其是玩乐更具魅力，秦淮河一带的有名和无名的妓女，似乎成为明代以后文人必看的一道风景线。然而，这分明是“秦淮八艳”留下的千古绝唱，它跨越历史的空间，穿行在文人的精神世界里。我以为，由李香君这样高扬民族气节的名妓以及围绕其间展开的一幕幕人生的活剧才是构成秦淮文化更深层次的渊源。秦淮烟水并不独独属于妓女文化，它更属于江南士子在“士”与“仕”之间游弋徘徊的名士清流文化。江南贡院、夫子庙书肆所构成的则是秦淮文化出世和入世之精神悖反的两面。

两篇同题散文，勾起了二十世纪多少文人对秦淮河的慕思，俞平伯和朱自清的《桨声灯影里的秦淮河》非常传神地表达了现代文人游历秦淮河的心境。我不知道有哪种教科书的课文分析能够准确清晰地说出这二位文人当时身临“六朝金粉气”销金窟的切身感受，反正我从字缝中寻觅到了“一种似较深沉的眷爱”（俞平伯），“更有一种不足之感”（朱自清）。或许，正是由于道德的压力，使“我们心里充满了幻灭的情思”（朱自清）。或许，正是这种有距离的朦胧之美，蛊惑着许许多多现代骚人墨客去打量昏黄暮霭中充满着迷离色调的秦淮烟水。走得太近，恐太物化和俗化，以至看到了她身上的种种疤痕；离得太远，似乎又觉得不能餍足。只有在这种入与不入、出与不出、似入非入、似出非出的境界中，才是最有诗意的把玩。这恐怕是二十世纪介于古典与现代之间的文人于人于物的审美观吧。

一出《桃花扇》撑起了秦淮烟水的铮铮铁骨，莫道秦淮皆为脂粉气，脂粉气底是惊魂。秦淮烟水的魅力所在，可能就在于其柔中有刚、绵里藏针，它演绎出的却是民族兴亡的大喜大悲，大起大落。亦绝非尽是余怀《板桥杂记》笔底的柔情蜜意。像李香君那样注重名节的名艳能够在侯朝宗变节之时与之在精神上一刀两断，咏出“自诩豪情今变节，转恨无目更添悲”（《绝别口占》）的诗句，可见秦淮悲风中傲立的铁骨。而董小宛能够在关键时刻“拼得一命酬知己，追伍波臣作鬼雄”（《与冒辟疆》），才扭转了冒辟疆完全有可能与侯朝宗、钱谦益之流堕落成投降派的下场。那么，柳如是与钱谦益在清军压境时截然相反的两种态度，更突出了作为“水做的”女人的傲然骨气……凡此种种，我们是可望见秦淮烟水中所弥漫着的大气、傲气、骨气和正气的。

最近又读到张恨水写于1946年的一篇名为《秦淮河没了书卷气》的文章，其中便道出了许多文人游历秦淮的绝妙心境：“我们反正是不想入圣庙吃冷猪肉之徒，到了南京，就不免走到秦淮河畔。可是只匆匆一个圈子，就觉得扫兴之至。比如抗战前，我们这批半新斗方名士，无日不上夫子庙，除了听大鼓书，坐茶馆之外，无须讳言的，各人都有一二位歌女作朋友。她们能谈女艺，也能谈天下事，也能谈一点感想。虽然她们打扮得还是粉白黛绿，多少还有点书卷气。自然那已不是柳如是董小宛之辈，可是你以朋友待之，她们绝对尊重你神圣的待遇，依然以朋友报之。现在呢？公开的，是一幢放了烟幕的人肉市场。我们这批半新斗方名士，谈不上乡党自好者，已是望望然去之了。”这位以金陵为背景写通俗小说的大师哀叹那种“灵与肉”相契合的秦淮烟水氛围在四十年代已悄然而逝。而如今的夫子庙却更是充满着商业气，难怪当今有位大诗人也慨叹，除去道德的因素，如今连妓女也都绝少文化品味，何能与“秦淮八艳”时代的歌妓相比呢？殊不知那些名妓都是从小就被“养瘦马”给培养熏陶出来的，不算硕士生，也抵得上一个本科生。但是，更为重要的是，她们的谋生手段可以是下流的，而她们的学养和气节却可以是一流的。在大是大非的原则上，她们更明事理，正如张恨水所言：“不要以为秦淮河不足下一代盛衰吧？在李香君苏崑生身上，就可以想到明代民族气节入人之深。你会于现在向秦淮河上找到一个李香君苏崑生吗？我真有点‘树犹如此，人何以堪’之感。”也许，“时代不同了”一句短语就可轻轻抹去这历史的沉重感。然而，如今又有谁能体察到商贾云集的夫子庙，其浓郁的商业氛围会给秦淮烟水的文化内涵带来什么样的裂变呢？

秦淮河水变黑，早在二三十年代就已经开始被文人诟病，这在如朱自清那样的散文家的文章中早有记载。如今政府已在筹划使秦淮河水变清的方略，可谓千古流芳之事。然而，秦淮烟水中的文化内容何时能够浊泾清渭、激浊扬清呢？

刊于《文艺报》1998 年 1 月 15 日

后收入《学府随笔》，山东文艺出版社，2007 年 1 月出版

书肆风景

我这里所说的“秦淮书肆”是一个广义的范围，泛指金陵城南一带的书市。

说到书肆，马上就会联想到状元境，紧邻贡院的状元境之所以成为明以后各路士子云集之地，正是其繁华的书市吸引着文人骚客。卢冀野先生在《冶城话旧》一书中的《状元境书肆》一文中写道：“状元境相传为秦会（桧）之宅址，故名，近数十年为书贾麇集之所。”也就是说，从宋到民国，状元境这块读书人的“宝地”之所以书肆昌盛，一方面是它比邻文庙、学宫、贡院、书院，借着各路的文气与书卷气；另一方面是它受着状元府第浓郁的仕途官气的庇荫，尽管秦桧不齿于士子之口，但“学而优则仕”的道路还是要走的。我没有仔细考察过秦淮书肆和状元境一带书肆书坊的历史渊源，以及两者之间的历史关联性，但就小时候（六十年代初）逛夫子庙时的印象而言，状元境一带的旧书店昌盛景象尚历历在目，而现如今夫子庙一带的旧书肆早已荡然无存了。记得“文革”时期的夫子庙曾被天翻地覆地改造过一番，那本属“封资修”重灾区的旧书肆则更是在扫荡之列，就不知道那些旧坊刊本中的珍本、善本，乃至孤本散失于何方了，想必都进了杨公井的“古籍书店”的书库中了吧。时过境迁，恐怕城南一带的旧书肆也就仅存杨公井一处胡小石先生所题的南京“古籍书店”了。难怪纪果庵在《白门买书记》中有所慨叹：“金陵非文物之区，自经丧乱，更精华消尽；徒见诗人咏讽六朝，惓怀风雅，实则秦淮污浊，清凉废墟，莫愁寥落，玄武凋零！”如果纪果庵先生经历了“文革”的文化浩劫，恐怕还不知如何贬斥金陵文化时弊呢。

旧时的状元境究竟有多少家书店，可能很难考了，就纪果庵而言：“书肆旧多在状元境，《白下琐言》云：书坊皆在状元境，比屋而居，有廿余家，大半皆江右人，虽通行坊本，然琳琅满架，亦殊可观，廿余年来，为浙人开设绸庄，书坊悉变书肆，不过一二存者，可见世之逐末者多矣！盖深致慨叹，顾甘君之书距又五十年，状元之境，乃自绸庄沦为三四等旅舍，夜灯初明，鸠槃荼满街罗列，大有海上四马路之观，典籍每与脂粉并陈，岂名士果多风流乎！”如今再读这些文字，绝无隔世之感，纪果庵（纪庸）面对民国时期的书业凋零发出了一个读书人的慨叹，虽颇有遗老风韵，却也道出了世风日下的人心。可他也绝不会想到本世纪末的秦淮旧书肆凋敝的风景是如此“悲壮”。诚然，世纪末不乏读书人，也不乏高楼矗立的“新华书店”和各类书店。然而，能够去淘书的去处只剩一家南京“古籍书店”，且大多出售现代书籍。昔日那种靠在旧书店书架边读书度日的学子早已成杳然黄鹤，今天依着开架书孜孜捧读者已是寥若晨星，读书人都成了走马观花的“匆匆过客”，“青灯黄卷”的读书氛围不再，或恐早已被现代莘莘学子视为冬烘先生的古典迂腐。显然，历史即将跨进一个新的纪元，我们面临的是一个电子时代，一张光盘就可储存许多部巨著。那旧书，尤其是竖排版的线装书早已被当作时代的弃物，它的价值仅仅存在于其文物的保留价值。它可以被拍卖师拍到一个天文数字上，但是，有谁在乎它的精神价值，有谁还会在乎一个旧学者甚至在阅读方式上所得到的一种快感和慰藉呢？如今，电脑已经进入了全球联网的“信息高速公路”，你很有可能从检索系统中调出你所需要的任何典籍，你很有可能在电子出版物上查找到你所寻找的任何资料，可你却很难读到那种阅读方式给你带来的那种氤氲，那份情致，那片清纯。

旧金陵的城南一带，从水西门到莫愁路，一直延伸到清凉山，路边有许多旧书摊，旧书摊上的书之杂多是不足为奇的，小时候的文学发蒙多是蹲在书摊前着小人书而缘起的，因而对其颇有眷恋之情。如今大街上的旧书摊早已匿迹，亦只有几个大学门前尚有时冒出一两个这样的摊位，所谓“旧书”，亦至多是“文革”时期的“毛选”之类的旧书而已，版本绝不会上溯到五六十年代前，我时常感叹时代的飞跃致使这些“古籍”灰飞烟灭得如此之快。如今找出一本二十世纪初版本的“旧书”，可能就得算“珍本”了，那么，我时常面对我们系里的线装本、特藏书库而望书兴叹，只有在此时，我才仿佛进入了一个旧读者的乌托邦王国，我虽然不能阅读完这汗牛充栋的古籍，亦就是有时偶然查个资料而已，但是即便是呼吸一下那种带有霉味的空气，也觉得有一种说不出来的亲切感。我深知这种陈腐的遗老气息不利于自己的思想适应飞速发展的时代节奏，是应该抛弃的观念，可这丑陋的美感却又时时地敲打着我的心扉，使我片刻不得安宁，沉溺于那古典的浪漫之中而不能自拔。

如今的秦淮河一带，乌瓦马头墙式的仿明清建筑规划可谓殚精竭虑，不能不说是现代建筑业对旧明建筑的拯救，就连贡院的恢复、明远楼的修葺也呈现出对文物的精心保护，而耗资几亿的秦淮河疏浚工程亦颇能显示决策者的文化眼光，潺潺流动的清澈河水必将诉说金陵千年的历史变故。然而，金陵秦淮书肆却似一江春水永不复还了，尽管取而代之的一两个小书店亦作“古旧”状，然而却再也寻觅不到那种逛书肆、淘旧书的古意和乐趣了。呜呼，秦淮书肆唯有入梦来。

1998 年 1 月 11 日

刊于《兰州晚报》1998 年 2 月 24 日

陵寝风景

南京作为虎踞龙蟠的故都，虽然历朝历代在此建都的基业都不能长久，但作为陵寝之地，却是多少帝王的向往之处。且不说东吴、南朝、南唐时期王侯将相的墓穴在金陵有多少处，只明太祖朱元璋所建造的明孝陵就足以使中国历代帝王的陵寝黯然失色，即使那巨大的阳山碑林运不来，仅就这山清水秀之中的龙脉风水就能跨越时空的隧道而万古屹立，不要说它的身后有其诸王陵寝的拱卫，只它足下的孙权墓，亦足以为守陵者了。这个历时三十多年耗费无以计数人力财力的陵寝，就围墙而言，总长度竟达四十五里，相当于当时南京城垣的三分之二，几乎包围了整个紫金山的南麓。历经六百年沧桑与战火的孝陵殿以及它的众多辅卫建筑群，虽遗存有限，然“金陵王气”仍经久不衰。

1925年3月12日孙中山逝世于北京，根据他生前的遗愿归葬紫金山。为何选址于钟山？说法颇多，但我更愿相信孙先生看中了这块作为陵寝的风水宝地这一说。虽然他的大总统府邸在南京也就是个“临时”的，而他的灵魂归隐在钟山确是永世长存的。从1926年到1929年间建起的这座中西合璧的陵墓，可谓中国现代建筑史上的一座丰碑，它海拔一百五十八米，比明孝陵高出九十多米。不必形容其壮丽和崇高，也不必渲染其巍峨与庄严，反正中山陵的建造足以告慰先总理九泉之下的亡灵了，他老人家在回归大自然怀抱的路途中，算是风光无限了。想当年，也就是1929年6月1日12时，孙中山的灵柩在一百零一响的礼炮声中落入紫金山墓穴之中，其盛大隆重的奉安大典永载史册。从此，钟山因中山陵而增添一大景观，围绕其间的许多纪念性建筑，如音乐台、藏经楼以及各种亭台楼阁等，亦为先总理的陵墓增光添彩。先生缔造的中华民国的基业在此，奉安大典也算是先生魂归故里了。能够有幸拱卫孙中山的民国名人也只有廖仲恺、何香凝夫妇，以及邓演达、谭延闿这样的民国功臣了。

其实，看中这块风水宝地的大有人在，汪精卫1944年11月10日客死在日本名古屋，其临终遗嘱也要安葬于紫金山下的梅花山，也就是孙陵岗上（孙权墓）。他选中了这块山明水秀、国花遍野的风水宝地，谁知仅一年多后的1946年1月21日汪坟就被何应钦炸平，这位大汉奸的尸骨被送到清凉山火葬场付之一炬。据说当时在汪精卫的口袋里搜出一张三寸长的纸条，上书“魂兮归来”四个字，可见连一代权奸也不能忘却这巍巍钟山的龙脉风景。如今的梅花山上仅存一小亭，亭下跪着汪逆与其妻陈璧君，以示后人，颇具讽刺意味。

据报载，“暂厝”慈湖的蒋介石之灵柩至今尚未入土，其缘由是“蒋公生前有遗愿，回大陆，葬钟山”（宋美龄语）。而蒋纬国临死前亦明确透露蒋中正遗愿：要下葬于高于明孝陵而低于中山陵的紫霞湖畔，这个位于紫霞洞下一片湖光潋滟的静湖，环抱于青翠葱郁的高大苍松翠柏之中，山光水色沉郁在古幽静谧的岚气雾霭之中，实乃不可多得的幽静去处。1946年11月蒋介石率政府要员谒陵后路过此地，陡生择为安息之地的念头，所以在此地建了一座“正气亭”为标记。其实，这位在南京做了不满三十年的统治者，并不能仰天地之正气，法古今之完人，到头来只能在孤岛上郁郁而终。但他绝对忘不了他那统治南京政府的“流金岁月”，虽然在中国二十世纪的历史长河中留下的是一个失败的记录，然而，短暂的春秋基业给蒋委员长留下的却是历史的永恒定格，在他的心灵中是永远不能抹去的一段历史进程。

记得“文革”时期经常到紫霞湖去游泳，虽然老人说那里水气硬克命，时常有人淹死在湖里，但毛泽东“到江河湖海去经风雨，见世面”的口号却是挡不住的诱惑，不过彼时一个少年只能凭第六感觉体味到那湖阴森可怖，鬼气殊多，却又有一种异样的魅力在吸引着我。三十多年过去了，如今的紫霞湖已开发成为中山陵的一个绝妙的自然景观，却少有人知晓这“正气亭”背后的历史人文故事。

当年中山陵祭堂后壁上蒋先生所书《总理校训》早已在“文革”中被磨洗得一干二净了。放眼望去，这个昔日“人民公敌”的总统府亦早就成为省政协的办公驻地和游览区，那幅象征着“钟山风雨起苍黄”的人民解放军占领南京总统府的照片已凝结定格成历史瞬间的辉煌与黯淡。若委员长地下有灵，不知作何感想。遥想当年，毛泽东意气风发，挥动如椽巨笔抒发了胸中无限的快意，而委员长却是灰溜溜地亡命他乡。但毛泽东就是决意不选南京为首都，甚至连死都未想到这块紫金山麓下的风水宝地，这难道是政治和文化性格上的差异所致吗？

一个世纪稍纵即逝，二十世纪的历史将成为过眼烟云，南京这块帝王陵寝的绝妙去处恐怕越来越"文明沙漠化"了，被现代游艺所取代的中山陵名胜景观，透出的是物化的侵蚀，蒋委员长倘若见到此情此景，还想"魂归故里"吗？他能像毛泽东那样伫立在繁华的大都市中心，与民众共同呼吸这现代文明中的商品气息吗？！

1998年6月20日

刊于《当代社会》1998年11月号

考棚风景

六十年代初，祖父因高血压住进了南京市中医院，每逢星期天去看望他老人家时，一逢他高兴，就又带着我们孙儿几个从医院后门溜出去，斜对门就是夫子庙有名的永和园茶馆，一顿丰盛的小笼包子，直吃得我们五饱六足，才又悄悄地溜回医院。每每经过医院后门时，总要在门房那里拿上个探视牌。可儿时的我，绝不知道，这后门楼阁就是江南贡院有名的明远楼，而中医院内就是贡院主体的一部分。如今的贡院门前虽然有一说明书悬置，并有售票亭售票，供人参观，然而，每每去夫子庙，看到很少有人入内，倒是一个偌大的花鸟市场将贡院挤兑得逼仄冷落，相形之下，观赏花鸟草虫者远胜于参观贡院者。尽管文物部门也搞了不少新花样，诸如让游人参加一次明代的科举考试，且穿上明代服装在号舍里留影等，但仍吸引不了多少游客。

其实，贡院始建于宋乾道四年（1168），明太祖建都南京后，乡试、会试均汇集于此，明永乐十九年（1421）成祖迁都北京前重新兴建了贡院，虽然北京也建了贡院，且规模之大超过江南。但明清以降，绝大多数的状元都是从这里打出山门的，据统计，北方贡院能够及第的士子远不及南方的多，虽然明代采取了南北方分开“统考”的制度，但仍是南方的“入闱”士子远多于北方，可见南方的士子多如牛毛。当年整个夫子庙大概有一半的地界被贡院所占领，东起姚家巷（小时候我家曾在此住过一年多，只记得那是一幢靠路边的木结构楼房，想必是可以向下抛彩球的那种明清建筑），西至贡院西街，南至贡院东街，北至建康路，在这个正方形的考棚区内竟有号舍二万六百四十四间，也就是说，一次可容纳两万多名考生的贡院，加上主考、典试、监试、临试、巡司以及职司人等的官房数百间，炊事、杂役、仓库等用房百十间，其规模之大令人咋舌。

遥想当年，高墙之下的贡院内，两万多士子蜗居在高六尺，长四尺，宽三尺的号舍内，铺板白天当书案，晚间作床，吃喝拉撒都在其间，三天三夜，真比坐牢还要受罪。可就是这间囚笼是通向仕途的必经之路。大约站在明远楼上向东南西北这么一望，便可俯视到这两万考生各具情状的壮观景象，真可谓是中国科举磨难的“清明上河图”。明远楼下层南面曾有清康熙年间李笠翁所题的对联一副：“矩令若霜严，看多士俯伏低徊，群嚣尽息；襟期同月朗，喜此地江山人物，一览无余。”充分描摹了虽苦犹荣的士子们为了踏上仕途而奋发疾书的情状。据说“至公堂”的联文更是令人发怵，那是明朝杨士奇所撰：“号列东西，两道文光齐射斗；帘分内外，一毫关节不通风。”可见这考场重地之威严肃穆。

可是这一墙之隔，便是笙歌莺舞的秦淮青楼，便是那灯火通明的秦淮画舫所在。一旦士子考毕放牌，便如下山的猛虎，觅食的饿狼一般，直奔灯红酒绿声色犬马之处去逍遥复逍遥了。那许多远道而来的富家子弟，本身就是借“秋闱”之际到秦淮河畔寻花问柳来的，因此秦淮歌妓文化的鼎盛，则大半是骚人墨客的士子们捧起来的。直至清末，仕途与“色途”都是比翼齐飞的。

曾经读过陈独秀的《实庵自传》(1937年11月写于南京

的江苏第一监狱），虽是胡适劝他写的，却也生动，尤其是第二章的“江南乡试”更加耐读。甲午战败后，光绪二十三年七月，陈独秀随同大哥一起赴南京参加“秋闱”，眼见着这万名考生在这十里秦淮的日暮中沉沦情景：“这班文武双全的考先生，惟有到钓鱼巷嫖妓时，却不动野蛮，只口口声声自称寒士，商请妓家减价而已，他们此时或者以为必须这样，才不失读书人的斯文气派！”在一面诵读礼义廉耻和正心修身的八股文时，又一面狂嫖滥淫，这是许多士子走近秦淮都不能逾越的一道人格屏障。陈独秀在国势维艰的苦难中，虽然很懵懂，但是，“‘假正经’这句话，骂得我也许对，也许不对，我那时不但已解人事，而且自己戕贼得很厉害，如果有机会和女人睡觉，大约不会推辞”。在这样的心境中进了考场，而且在“屎号”旁边连考三场捱了九天，看见那徐州的大胖子“一条大辫子盘在头顶上，全身一丝不挂，脚踏一双破鞋，手里捧着试卷，在如火的长巷中走来走去，走着走着，上下大小脑袋左右摇晃着，拖长着怪声念他那得意的文章，念到最得意处，用力把大腿一拍，翘起大拇指叫道：‘好！今科必中！’”这分明是一个活脱脱的范进再世。也正是这贡院科举把知识分子变成庸人、废人的事实，促发了陈独秀走上了另一条革命道路："这便是我由选学妖孽转变到康、梁派之最大动机。一两个钟头的冥想，决定了我个人往后十几年的行动。我此次乡试，本来很勉强，不料其结果却于我意外有益！"贡院与青楼夹缝之间造就的一代代江南士子的"仕途"，扭曲了士子的人格和心理。历史也终究翻完了属于陈独秀这一代士子沉重的科举页章。

然而，如今我的女儿每天都要在离贡院街一条马路之隔的省重点中学南京一中上学，她每天背负着近二十斤的书包，每晚要熬至十一二点才能睡觉，明年七月是她的"秋闱"之时，考不上重点高中是不能上大学的，而不能上大学……我时常梦见她进考场时的情形。

但愿每一位进贡院游览的人，千万不要把模拟科举考试当作游戏，想一想下一代"应试"教育下的孩子吧！

陈独秀选择了"歧途"，而我们又得重新回到"原点"吗？！

1997 年 12 月 15 日

墓碑风景

南京东郊四方城内竖立的那尊“大明孝陵神功圣德碑”高达近九米，是南京最大的碑亭，这在六百多年前恐怕算是一项建筑奇迹了。殊不知，当年欲为朱洪武皇帝歌功颂德、树碑立传的碑亭远不止如此庞大，它的巍峨巨大几乎超出了人的想象力。

早已听说南京东北郊有一游览去处，那就是明代开凿的巨型碑材——阳山碑材。九十年代初，我们一行陪《文学评论》编辑部的王信先生去观赏此石，那时尚未将此山开辟成游览区，我们将小车停在阳山脚下，沿着潺潺流过卵石的山径往山顶爬去。山不高，边走边玩，也就至多二十分钟便到了。放眼望去，不由得你不惊诧不已。难怪明代大学士胡广在《游阳山记》中惊呼：“仰见碑石，穹然城立！”

据文物工作者测量的结果，此碑材可分三个部分：碑额（亦称“碑帽”）高二十米三十公分，厚八米四十公分，宽十米七十公分，上面还留有十四处凸出的石芽，据专家分析，是为日后精雕细刻龙头、龙爪、龙尾而预备的；碑身主体石材高达四十九米四十公分，厚四米四十公分，宽十米七十公分；碑座（亦称“龟趺”）高十三米，厚三十米，宽十六米。如果将这堆石材称一下，尚不知有多少万吨。我算了一下，如果将此碑竖起，高度足有一百七十三米，相当于今天二十多层的大楼高度。要知道，这不是用今天的砖块或混凝土堆积起来的空壳，而是一整块实打实的巨石！想当年，“靖难之役”后，朱棣为获取人心，大张旗鼓地为朱元璋歌功颂德，以此显示自己的正统地位，便于永乐三年开凿此碑。据说在开凿此碑的过程中，征来的民伕死亡伤残者不计其数，几乎每天都要死人。当年的民伕每人每天需得交出三斗三升石碴，否则立斩不赦。就现状来看，这一浩瀚的工程可以说是基本完成。三块碑材的碑额已完全脱离山体，而碑身和碑座尚有一端与山体相连，其底部均已凿穿，只两端有一点与山体连接，整个一副就待启运的架势。

我想，这一石碑如果能够运下去，矗立于钟山足下，它肯定是南京这座城池的徽标象征，它亦肯定能成为世界奇观，想必要比埃及的金字塔还要闻名于世。因为金字塔是一块一块石料垒起来的，而非一块整石。要知道，它一旦立起来，就是一个上海滩上的“国际饭店”，就是紫金山下的一座“金陵饭店”。当然，它的建筑美学价值和文物价值却是远远胜于这些商业楼宅的。可惜的是，这些已经凿成半成品的巨大碑石是无法启运的。它只能凝固成一堆历史的陈迹，只能定格在那好大喜功、刚愎自用的狂傲帝王思想的幻影之中。

这一工程不知是什么原因没能继续下去。当年胡广与大学士解缙一道爬上碑石顶端，顿觉“心悸目眩，不能下视”，因为此石太巨大了，巨大到了人心不可承受之重的地步，也巨大到了明代开国皇帝朱洪武老儿亦不能承受的地步，想必太祖在天之灵也会诚惶诚恐的。据说导致这半成品没有完全凿开的直接原因是：面对这一世界罕见的巨石，人们只能望石兴叹，无法找到一个支点来启运它。不用说六百年前运送庞大石料只能靠冬季在沿途泼水结冰，用滚木铺路而行的方法远不能完成这巨大的运输任务，即便运用最现代的起重运输手段来启运这三块碑石，也同样是世界性的运输难题。当年，能将石人石兽的碑刻运抵钟山足下，这本身就算一个奇迹了。然而，无法征服此石，却是人不能战胜自然的一个例证。

人定胜天，这在一定范围内是行得通的，而人心一旦超越了自身的能力，甚至到了异想天开的地步，则会做出种种可笑荒唐的举动。1958年在“大跃进”的鼓噪下，不也提出过“人有多大胆，地有多大产”的昏头口号吗？竟把百亩产量算在一亩土地上。浮夸之风历来是奸臣小人讨好皇帝老儿的惯用伎俩，偏偏每一个君王都爱听顺耳的昏话，哪怕你吹得再出格，皇帝老儿是绝不杀马屁精的。从明太祖朱元璋开始，他所使用的走卒一定是阿谀逢迎的小人。我以为朱元璋之所以要“炮打功臣楼”，其中最隐秘的胸中块垒就是，这批与之共患难的大臣并无须过分地吹捧你这同坐江山的朱牧儿，大家都是同一条道走过来的患难兄弟，有话可以直说，不必拘泥君臣关系。这一点就注定了朱元璋要在维护帝王尊严和姑息功臣的天平之间作出选择。于是，这批兄弟般的创业功臣只有必死无疑一条道，连绝顶聪明的刘伯温和忠心耿耿的徐达也未能幸免。用小人而远君子，这是历代帝王做皇帝的诀窍，尤其是农民起义而登基的皇帝更是如此。明朝开国一直到南明小朝廷，各个皇帝老儿都几乎一律承袭了朱洪武的血脉，以致最后将一个好端端的乾坤葬送掉了。

由此而想到即便是进入了现代社会，恐怕要完全脱离浮夸的风气也是很难很难的。诸如一下子冒出了如此之多的“亿元村”“百强县”，据说其中的水分大得惊人。可见人心一旦被功利左右，就很难再客观冷静地看待一切事物了。

人们都说阳山碑材凝聚着无数劳动人民创造奇迹的血汗，我以为倒不如说它凝聚着一代帝王狷狂的霸气和无数献媚者的丑恶，是大自然对人的一种惩戒的象征。

1998 年 1 月 13 日

南京十里长安街景

沿着明故宫的遗址，一直走来，你可看到一路许多园林的景观。

农民坐了龙庭，其奢靡之风并不亚于任何帝王。而南京这座古城所留下的太平天国的遗迹就足以印证农民革命的悲剧性。

在中国历史上，明以后几次大的农民革命都与南京有关。朱元璋是胜利了，创建了大明帝国，建都南京时，大兴土木，建造了世界最大围城的景观；李自成是失败了，其中的重要原因，不乏欲望的贪婪，若不是因陈圆圆而起的吴三桂兵变，大清帝国的铁蹄恐怕难以踏进关内；而洪秀全在南京所建立的天朝，亦就十年工夫便灰飞烟灭了，其中除了政治上的因素，内讧和奢靡不能不说是农民革命的一个致命伤。相传毛泽东在“文革”期间“八大军区”调动时曾说过“八大王，王王在上”的话，若不是指清代的“八大王”，恐怕就是指太平天国里的八大王。都想在上的八大王，不管生与死，都在南京留下了奢靡的印记。同时，也可清楚地看出天王洪秀全的野心所在。

1853年3月，太平军攻克并定都南京，洪秀全首先要急于办理的事情便是修葺建造王宫。于是，从5月开始的长达数年的八王府的建造，堪称南京建筑史上的一道风景，也成为这个短命王朝一个最好的历史见证。

且不说洪秀全在天朝后期所册封的许多王侯以及他们在南京所建造的满城王府，但就所谓“八王府”就够宏伟壮观了。八王府，即天王府（亦称“天朝宫殿”，为天王洪秀全及长子所居住和办公的地方）、东王府（乃东王杨秀清之府第）、西王府（乃西王萧朝贵之府第）、南王府（乃南王冯云山之府第）、北王府（乃北王韦昌辉之府第）、翼王府（乃翼王石达开之府第）、燕王府（乃燕王秦日纲之府第）、豫王府（乃豫王胡以晃之府第）。很难想象，建造修葺这么多的王府需要多少人力和资金，尚且还得在短期内完成，至少在南京的城市建设史上，这是一个奇迹。

南京汉府街上的“总统府”是南京旅游的一个景点，人们只知道它是孙中山、蒋介石曾经办公过的地方，孰料它曾是太平天国的天朝宫殿。坐落在长江路二百九十二号的这座大院，原来是明太祖朱元璋所建的汉王府，用以安置陈友谅之子陈理的地方，后改建为养子沐英的黔宁王府。永乐二年（1404），明成祖朱棣为次子汉王朱高煦再次兴建了“汉王府”，这就是汉府街的来历，也是总统府为何亦名“煦园”的原因。洪秀全为修建天京宫阙，选中了此园，而非气势宏大的明故宫，可能是因为他忌讳在一个覆灭王朝的旧址上建造自己千秋万代的理想吧。尽管天朝宫殿最初兴建时也遭“天怒”，1853 年 11 月，这个刚刚施工半年的宫阙被一把“天火”毁于一旦，夷为废墟。但这不祥之兆并没有动摇这个天朝帝王建造此殿的决心，反而更加增强了天王的雄心壮志，充分展示了这位农民革命领袖的韧性与执着。

据《同治上江两县志》载，洪秀全令“堕明西华门一面城，自西长安街至北安门，南北十余里，穷砖石，筑宫垣九重”。我没有考证南京毁城墙的历史，但洪秀全这次“堕明西华门一面城”，可能是较早有意识毁内城的一个举措，其筑宫阙的野心之大，可见一斑。明代迁都后，北京城的建造大抵是按南京的城建格局来修筑的，而南京的十里长安街便在洪秀全手中毁于一旦，现在的西华门只留下了一个空白遗址，一直到后宰门的明故宫的北门只留下了一北安桥，城门早已不知所向。大约如今的南京人中鲜有知道南京长安街和北安门的，一百多年前它就消失在南京城的版图中了。

据说当时参加天朝宫殿修建的工匠多达十多万人，其宫城足有十余里，分外城和内城，外城名为“太阳城”，内城名为“金龙城”，府前矗立双龙双凤的大照壁，照壁以北有五丈高的圆形天台，正中牌坊有“天朝”匾额，有二丈深的御沟筑于左右，上有“五龙桥”，并不比明太祖所建的御道街上的“五龙桥”差多少。然后而显“凤门”，上书朱漆金字云：“大小众臣工，到此止行踪，有诏方准进，否则雪中云（斩首）”，可见这位急于称王称帝的农民领袖是多么在乎自己的威严形象。“金龙城”内更是金碧辉煌，画梁雕栋，斗拱重檐，华丽壮观。金龙殿除主殿而外，还有二殿、三殿，中间有长长的甬道直通后宫。后宫内更是曲径通幽，琳琅满目。尚有村苑一座，据说是蓄养虎、豹、雀、鹤等珍奇动物的地方。而金龙殿两侧则是东花园和西花园。东花园因兵火和拆迁，早已不复存在，现仅存的西花园就是“煦园”。六十年代末，总统府内满眼都是红卫兵的各个总部，那时我第一次进得“煦园”，现在回想起来，倒真有点如洪秀全造反的意蕴。七十年代末，我在南京大学读书时，开始写当代文学评论，斯时，《雨花》编辑部就在西王府，进得园来送稿，瞅见正在写《陈奂生进城》系列小说、满脸黝黑的高晓声在那里晾衣衫，亦颇有一种改朝换代的意味。

高晓声曾沿袭“鲁迅风”说过，中国是不可一日没有皇帝的，否则就如丧家之犬惶惶不可终日。而坐了龙庭的农民呢？恐怕亦是不可一日没有龙颜的，否则亦如被抖散了脊梁骨的草蛇一样酥软无力。为了显示天朝的“太平一统，天子万年”，洪秀全特意在天王府内建造了“吹鼓亭”，明令“日夜琴声总莫停，停声逆旨处分明，玉堂快乐琴音好，太平天下永太平”。因此，天王府内的琴瑟之声不绝于耳，日夜奏鸣。料想当时亦无录音设备，这得多少乐师轮换鼓吹？真有点不可思议。看似歌舞升平景象，实际上是这位农民领袖很不自信的表现。这一吹就是十一年，乐师们干燥的口舌和疲惫的身躯终于等来了一个新的“正统”王朝的大赦令。

1864年，也就是清军再次围困天京两年之际，这位天朝新府的皇帝，龙庭尚未坐稳坐热，就迎来了天国的崩溃。尽管这位天王亦在粮尽之时带头在西王府觅草食用，以振军心，然终究没能逃脱自我心灵的崩陷而死去。当然，即使洪秀全死去，仍然不忘他经营十年之久的天朝宫阙，他不能如历代帝王那样从容建造自己的陵墓，也就只能将就着在金龙殿下自掘坟墓了。1864年7月湘军曾国荃攻陷天京，掘出了洪秀全的尸骨，连同天朝宫殿，一把火给烧得一干二净。如果说1853年11月的那把"天火"是一种暗示的话，那么1865年7月的这把"地火"则是洪秀全自毁于天朝内部的纷争和奢靡于金陵的象征。

"瞻园"是东南园林第一胜景，是南京现存历史最悠久的一座园林。原为明代开国元勋中山王徐达七世孙徐鹏举的西花园，清初改为江宁布政使司衙门，我不知道《红楼梦》中的园林格局有否它的倩影，但乾隆南巡时曾两度游历此园，并题写了"瞻园"的匾额。外地游客很少有人知道这一园林佳景的好去处，只知道所谓"太平天国历史博物馆"，却并不知道此园在喧闹的秦淮河畔更有一番静若处子的妙趣典雅。小时候第一次到这里游玩，一玩竟是一整天，留下了极好的印象，但却不知道此园的来历。

太平天国定都后，此园先是赐给东王杨秀清，后又让给西王萧朝贵之子幼西王萧有和，其中一度又做过副丞相赖汉英的府第。当然，东王府原先的“圈地”并非区区一个瞻园，其范围在南京城南之宏大足可与朝天宫相比美，可惜的是东王府所花费的巨资和人力，在1856年秋的“天京事变”中毁于兵燹。“天京事变”就是围绕着东王府上演了中国农民革命历史的一幕自相残杀的悲剧。争王夺权，成为农民革命胜利后最致命的历史创痛，这恐怕是一个颠扑不破的真理。“天京事变”是“南京大屠杀”的历史开端，数天之内，就有两万多人死于北王韦昌辉的屠刀之下。一时南京城南血流成河，死尸满城。此次事变一直延续了两个多月，直到11月2日韦昌辉被处以极刑后才罢休。此后，天国内部的矛盾并没有因天京之乱而消失，反而变得更加复杂。农民的劣根性导致了一个即将有可能统一中国的王朝的机缘慨然而逝。倘若说太平天国是被清军所败，尚不如说是被自已所击败。

如今的“瞻园”是1960年和1986年两次在旧址上重修的园林，当然，清同治四年（1865）和光绪二十九年（1903）亦两次重修过，但规模较大的重建还是1949年以后的两期工程。我不知道现在的“瞻园”与当年东王杨秀清所占据的“瞻园”有何区别，据说它保持了原有的特点与格调，大有“城市山林”之蕴味，“妙境静观殊有味”正是这座园林的绝妙之处。可想，仅此一园所耗费的钱财在那个战争频仍的年代是何等的惊人，且不必说那庞大的东王府，乃至那林林总总的几十个林立在南京城内的大大小小的诸多王府的建造了。

尚未真正登上历史舞台的洪秀全以及他所册封的诸多王侯将相们，自以为在六朝故都建立了自己的天国王朝，就可以尽情地奢靡一番。殊不知，他们连基业的根底还未牢固，就抢先去支付荣华富贵，实乃比任何帝王将相都短视几分。呜呼哀哉！天厌之，天厌之！

1864年的6月1日，五十岁的洪秀全死于金龙殿内，虽然他以教主的名义给了太平军一个理想的许诺，但是历史毕竟无情地抛弃了他。他临终时下了一道诏旨，大意为，我立即到天堂去，让天父天兄派援兵来保卫天京。然而，具有讽刺意味的是，一个多月后的7月19日，清总兵朱洪章率部三千攻陷了太平门，虽遭忠王李秀成的殊死抵抗，但清兵毕竟长驱直入，一举攻陷了天京。李秀成回朝接出幼天王，试图从太平门杀开一条血路冲出重围，但终究寡不敌众而遭逮捕，最后写下了数万言的供词慷慨就义，给太平天国的历史留下了最后一道谜而撒手人寰。

其实，天国的覆灭是必然的，有人在总结太平天国失败的原因时，将此归咎于天王洪秀全相信迷信，不肯“让城别走”。当然，从客观上来说，这是个战略上的失策。然而，从骨子里来说，洪秀全对自己所缔造的天朝是难以割舍的，那耗巨资而建造的宫阙，那星罗棋布的王府花园，是维系一代农民革命领袖灵魂之所在，它们是胜利果实的象征，舍其乃弃魂丢魄也。试想，在短短的十年之中，洪秀全们不仅建造了足以让他们这一代南征北战的王侯将相安享权势的金銮殿，同时亦为下一代的一个个“幼王”们建造了一座座奢靡的安乐窝。他们是想在这六朝的烟水中得到洗尘和安谧，但他们却不知这六朝的脂粉气曾经销蚀过多少英雄豪杰。这一座座王府宫殿，最后却成了他们精心营造的陵寝。

清王朝的骁勇战将曾国藩的湘军一入天京，就用一把把火焰烧掉了多少天朝的王府宫阙，又一次洗劫了南京城南的明清豪华建筑。这就是残酷的历史和历史的残酷。据史载，湘军入城后，又开始了第二次的“南京大屠杀”，共有十万人死于这场浩劫之中。南京是一个多难的城池，在它笙歌莺舞的良宵背后，俨然是近于惨烈的历史悲剧，而最终付出最大牺牲的总是平民百姓以及他们用血汗建造的一代代的华丽宫阙楼宇。

晚清宋诗派诗人何绍基面对一代天朝的毁灭，曾著诗“十年壮丽天王府，化作荒庄野鸽飞”，留下了当事者的一段历史的沉思。

我不知道孙中山的临时政府为何选中了天王府，窃以为可能是“天下为公”的思想与洪秀全的“有田同耕，有饭同食，有衣同穿，有钱同使，无处不均匀，无人不饱暖”社会理想有着相通之处吧。但是“三民主义”也有被歪曲之时，当蒋家王朝在1927年后迁入天王府（总统府）时，中国的命运，南京政府的命运就注定了它的短命。“文革”期间常去总统府（那里是红卫兵各个“军团”“兵团”总部的所在地），就想看一看传闻中蒋介石离开南京时在办公室的地板上放的那一枪的枪眼。比天朝稍长的蒋政府，亦不过在此呆了二十余年。我搞不清为何在南京的王朝都是短命的。

1998年2月3日

幽径古丘

李太白早有诗曰："吴宫花草埋幽径，晋代衣冠成古丘。"在南京的王朝虽都是短命的，其坟冢却是世界上最大的。

小时候常听老人们说，朱洪武出殡时，南京十三个城门"门门出棺材"，朱元璋究竟葬于何处？历史上的说法不一。清代史学家全祖望认为葬于南京朝天宫，或许是以为高皇帝虽不通文墨，但朝贺天子、祭祀天地的礼仪是不可少的，心仪来世能做一个知书达礼的文皇帝，所以才选中了文庙这块宝地；而另一位史学家赵执信却认为朱元璋的墓早已移至北京的万岁山，成为朱明江山的镇世之宝。这悬置了六百多年的疑案，如今已告破译。据报载，由南京市文物所与江苏省地震工程研究院以及中山陵园管理局文物处共同调查勘探，采用了先进的精密磁测（GPM）技术，确认了朱元璋的玄宫就在钟山的玩珠峰下，地下宫殿保存完好。我也说嘛，太祖皇帝对虎踞龙蟠的巍巍钟山是那样的情有独钟，何以肯舍得离它而去呢?!

张岱在《陶庵梦忆》“钟山”一节中云：“高皇帝与刘诚意徐中山汤东瓯定寝穴，各志其处，藏袖中。三人合，穴遂定，门左，有孙权墓，请徙，太祖曰：‘孙权亦是好汉子，留他守门。’”踏遍“金陵王气所钟”的紫金山，精通风水阴阳的刘基与开国元勋徐达、汤和才一致选定了独龙阜玩珠峰下的这块宝地。从1380年至1383年完成玄宫主体工程，到1398年朱元璋死后葬于孝陵，再到1413年整个陵园建成，前后历时三十二年，动用军工六十万，耗资不计其数。

我不知道世界上还有没有比明孝陵更大的陵寝了。北起钟山南麓，南至孝陵卫，东起灵谷寺，西至城墙，整个明孝陵陵垣周长达四十五里。陵垣内松柏十多万株，放养数千头驯鹿。不要说长达五里之遥的神道上有下马坊、禁约碑、大金门、神功圣德碑亭、御桥、石象生、石望柱、武将、文臣、棂星门，就是陵垣内的金水桥、文武方门、孝陵门、孝陵殿、内红门、方城明楼、宝城、宝顶亦可谓壮观了。光是为之守灵的兵马就有一个卫（约五千六百人），孝陵卫的名称如今尚保。可是，这些巨大而精美的建筑群在几经战乱之后，已经是残垣断壁、面目全非了。虽然近年来南京市政府进行了重修，但毕竟财力工艺不逮，不能再现原貌了。两个月前，陪同友人凌宇兄前去游览，看到毁于1853年清军与太平军兵燹之下的孝陵殿，颇有故宫禾黍、胜国衣冠之慨叹，便又想起了云亭山人《哀江南》曲："野火频烧，护墓长楸多半焦；山羊群跑，守陵阿监几时逃？鸽翎蝠粪满堂抛，枯枝败叶当阶罩，谁祭扫？牧儿打碎龙碑帽。"生前的朱牧儿岂料身后竟遭如此涂炭？看到碑殿入口处有清康熙帝题写的"治隆唐宋"四个遒劲大字，早已是用水泥粘拼起来的断碑残简，一看便知是"文革"留下的累累创伤。康熙帝景仰一个没有文化而成为明代开国皇帝的朱牧儿，曾经五次祭扫朱元璋陵寝，可见其肚量之一斑。

在南京做"皇帝"不足二十二年的蒋介石和在台湾继他之位的"皇太子"蒋经国均留下了遗嘱，要求在钟山之下的紫霞湖为其觅得陵寝一方，当然是低于先总理中山先生陵寝，以防僭越之嫌。此地虽不为江山社稷永恒之地，但作为陵寝，却是举世无双的龙脉宝地。老蒋与小蒋圆的是回归之梦，但他们并没有选家乡的风水宝地奉化雪窦寺，而选择了钟山，“魂归故里”，故里何在？还不是那万劫不复的王朝之梦。1946年，还都后的蒋委员长下令炸平汪逆精卫葬于钟山之下梅花山上的墓穴，当然，汉奸走狗是不能玷污这块陵寝的，尤其是睡在先总理的足下！他汪精卫配吗？只有我蒋某人才是先总理的嫡传弟子。因此，葬于先总理足下永远是蒋委员长一个不朽的遗愿。

如今的明孝陵留给人们最深的印象就是位于神道石像路上每种四只的石兽：狮、獬豸、骆驼、象、麒麟、马。还有八个文臣武将，那高达四米多的翁仲系整块石料雕凿而成，生动的造型堪称明代皇陵石刻之最，真有“石马嘶风翁仲立，犹疑子夜点朝班”之神韵。当然，心力无边的明朝皇帝想把那块高达二十多层楼的阳山碑材来做朱元璋的功德碑而未能如愿的笑谈，不正说明了人亦有不可能战胜自然的一面吗？

朱元璋可以征服大元帝国，可以诛杀许多王公大臣，甚至可以让许许多多功臣的墓穴环绕拱卫于明孝陵，成为他死后的“护国侍卫”，但他却不能用一种有效的方式来延展其王朝的寿命。他孰能料到，在他建都的南京，二百七十多年后，南明小朝廷便如不堪一击的豆腐渣一样，被大清帝国努尔哈赤们的铁蹄所践灭。看来人治的腐败是封建王朝永远不能逃避的灭顶之灾。即便是高皇帝当政的年代，人民亦难逃厄运，凤阳花鼓里不是有这样的唱词吗:“说凤阳，道凤阳，凤阳原是好地方，自从出了朱皇帝，十年倒有九年荒。大户人家卖田宅，小户人家卖儿郎!”可见，当了皇帝的朱牧儿早已是忘了本的既得利益者，逃不掉腐败的下场。

如今的钟山南麓，人们都去瞻仰孙中山陵，而早已冷落忘却了这位明朝的开国皇帝。历史往往过于尖刻，当年朱元璋欲留下孙权为之守墓门，孰料五百多年后，孙家出了个孙文，又让这位高皇帝来为其守卫中山陵的西大门。孙中山的“三民主义”当然比容易滋生腐败的人治的封建王朝要高明得多，然而，它往往会成为汪洋大海封建意识王国中的乌托邦理想。

蒋委员长履行的“三民主义”显然是走了调的，他的陵寝能回归钟山而“魂归故里”吗?

几百年来，史学家们都欲寻觅朱元璋的真墓所在，如今其地下宫殿已经探明，人们又欲早早探明其墓葬内的虚实。其实，腐朽是自不待言的。据说朱洪武的陪葬宫妃就有五六十人，想必金银珠宝之类的东西也不会少，可以想见其奢靡的程度不会比其他任何皇帝差。但这只能证明一条真理：帝王的奢靡就是他走向覆灭道路的开始。

明孝陵的重修意义应该是重拭铜镜，照耀当世。否则，我们面对这残垣断壁，能看到些什么东西呢？那被太平天国之兵火烧毁的宫阙陵垣又能给我们几多现世的悲哀和警策呢?!

1999年2月15日

朱元璋死后六百年整的除夕夜草于紫金山麓

斜阳下的明故宫

1684年康熙皇帝首次南巡抵达南京时，便慨然写就了一篇《过金陵论》，其中曰："道出故宫，荆榛满目，昔者凤阙之巍峨，今则颓垣残壁矣！""顷过其城市，闾阎巷陌未改旧观，而宫阙无一存者，睹此兴怀，能不有吴宫花草、晋代衣冠之叹耶！"三百多年前的康熙站在明故宫的一片废墟之上，面对自己敌手的溃败景象所发出的感叹，充满了沧桑意蕴。一个城池、一座宫阙的毁灭，足以象征着一个朝代的终结。

北京的故宫可谓雄伟壮丽，简直就是北京城的一个地标。而南京的故宫呢？除了中山东路上几座仅存的明式大屋顶建筑外，恐怕再难寻觅明代宫阙的魂魄了。其实，现如今北京城里的故宫完全是按照南京故宫的蓝本建造的，“规制悉如南京”，只不过在进深方向增加了二百米而已。北京城少有战乱的浩劫，最大的一次危机莫过于“平津战役”时的兵临城下，而那一次亦是在中国人民解放军的悉心护佑下化险为夷了。而南京自明以后一直被笼罩在战云硝烟的浩劫之中，一次次的战火烧掉了雕梁画栋的森森宫宇楼阁，也一次次抹去了历史的痕迹。

从小就生息在明故宫一带，对这里的每一株花草都非常熟悉。五六十年代，这里几乎和荒郊等同，每每放学后，我们都游荡在御道街上和午朝门内，在华东军区教练场里踢足球，可是，谁又能想到此地曾是明代皇帝的登基处呢。如今所修复的明故宫，只不过是内宫的一小块遗址而已，此地乃原华东军区教练场，六十年代的“大比武”，往往就在这里演习。遥想当年，这里前面依次排列的是三大殿（奉天殿、华盖殿、谨身殿），后来北京的太和殿、中和殿、保和殿即是仿此而造。三大殿的东边是文华殿和文楼，西边是武英殿和武楼。再往后即是后廷，中轴线上是乾清、交泰、坤宁三宫，左有东宫，右有西宫。如今看来，南京明代故宫古迹保存得最好的地方就这两处了，东宫为博物院和部队所在地，西宫为三〇七招待所，当然其中尚有第二历史档案馆所在。其实，当年的明宫远不止这点地盘，它东起中山门以西，西至今天的逸仙桥，南至光华门（原正阳门），北至佛心桥。南北长五华里，东西宽四华里，而俗称紫禁城的大内就有二华里见方，其中内城和外城的城门是难以数计，按民间的说法南京有七十二道城门，仅朱洪武大出殡时，就是紫禁城内十三道城门，门门出棺材。

作为南京历史上第一个全国统一的王朝，朱元璋在定都后，命军师刘基卜地建造新宫，最终之所以选中这块风水宝地，是因为它有“钟阜龙蟠”的帝王之气。背山、面水、向阳，这是风水堪舆术的基本常识，而明故宫正是北枕钟山支脉的富贵山，南临环城之水秦淮河，向阳之处一马平川，视野开阔。然而，这块风水宝地也有不足之处，东北部的燕雀湖地势低洼，于是这位放牛出身的皇帝朱牧儿，为此下令“移三山填燕雀”，这就是明以后燕雀湖在南京版图上消失的缘由。

好大喜功，刚愎自用，这是任何一个帝王都改不掉的陋习，尤其是抢得江山后开国登基的帝王更是如此。1366 年，这是南京历史上一个不寻常的年份，开国皇帝朱元璋在南京征用了几十万工匠为他建造宫殿，这还不算大量的间接为建宫城而效劳的外地官吏和工匠们，如大量的石料、木材等建筑材料直抵南京所需的人力物力。这是一场声势浩大的“人民战争”，亦如“文革”时期的“深挖洞”，所消耗的人力和物力是难以计算的，到头来，却都是留下了一片废墟。殊不知，这废墟之下又埋藏了多少工匠的白骨。要知道，朱元璋要在短期内完成此项工程，他急于要在金銮殿上发号施令，以显皇威，所以不惜一切代价而筑之。明初的南京人口有多少，我尚未考证过，但是仅这几十万人的吃喝一项，就需要这个城市付出多少代价？由此可见，南京明代的繁华，包括后来作为南直隶的“留都”的盛景，是建筑在血腥的政令之上，同时也是建筑在浩大的民工血汗的一次性付出之上的。可能连朱元璋本人也未想到，这项浩瀚的工程，只用了一年时间就完成了。我不知道这在建筑史上算不算得上是一个奇迹，但我知道在如此短的工期内完成这样一个浩大工程，意味着有更多的民伕须得付出其血肉之躯。试想，从御道街两边至洪武门再到五龙桥一段，就林立着明朝中央官署数十个，什么中、左、右、前、后五军都督府；什么太常寺、通政司、锦衣卫、旗手卫、钦天监；什么翰林院、詹事府、太医院、太庙、社稷坛，等等。这些缺一不可的臃肿庞大的机构，都需要建造多少楼堂馆所？况且还不算那一圈护城河。当然，这一片繁华和民伕小吏的累累白骨相比较，孰重孰轻？恐怕后者很快就会被历史所抹去，同时也很快在人们的心灵记忆中消失。

1367 年，当朱元璋登上奉天殿，举行了盛大的庆典并接受了文武百官的朝贺，在一片“吾皇万岁，万万岁”的歌乐声中，朱家王朝的奠基皇帝怎么也没想到五十四年后，他的不肖子孙们舍弃了他精心营造的这一片繁华而北迁。明代永乐年间的朝廷迁徙为南京衰落画上了长长的省略号和大大的惊叹号。

首先是明成祖朱棣的篡位所引起的战争使南京的宫阙第一次遭到了破坏。1403 年朱棣攻入南京，一把火烧掉了奉天殿，他自以为建文帝朱允炆坐过的金銮殿于他来说是不吉利的象征物，只有用火焚之才解心头之恨。然而，在南京做了十八年皇帝的朱棣胸中老是有一块解不掉的郁结——十五岁那年，他当着朱元璋的面曾说过“紫金山上架大炮，炮炮打中午朝门”的谶语。最终他还是决定重新选址定都北京，弃下了这一片金碧辉煌，弃下了祖训，弃下了大好的江南景色，弃下了为洪武皇帝歌功颂德的阳山碑材，一路逶迤北上，去继承和创造中国皇帝“统一中原才能征服全国”的美梦。

永乐十九年（1421）以后的南京开始萧条，政治文化中心的转移，使它成为一个商贾云集的消费城市。一方面是政治文化的衰落，明宫一天天的凋零破败，就是一种最好的象征，而另一方面与此形成鲜明对照的是，商业文化的逐渐繁荣，秦淮河成为明代以后的市井繁华之地，可谓是永乐年间南京文化的一个重大转变。

永乐十九年后的明宫在遭受了百年的风雨侵蚀而无人过问的情况下开始风化了。1449 年夏，谨身殿、华盖殿遭雷霆电击而焚；1485 年一场巨风摧毁了大祀殿及皇城各门兽吻；1522 年秋，“暴风雨，江溢，郊社陵寝宫阙城垣皆坏”。直到 1644 年崇祯皇帝吊死在煤山后，其弟朱由崧才匆匆逃往南京，建立了南明小朝廷，“即皇帝位于武英殿”。此时的南京明宫虽有破败相，但尚有气势在。

清军平定江南后，明故宫变成了八旗军事驻地，其中的破坏亦不少，但毁灭性的破坏尚未形成。

太平军攻陷南京时，明故宫遭到了毁灭性的破坏，洪秀全们“朴素的共产主义思想”，当然是痛恨历代帝王的，连同他们的宫阙也是不能容忍的，所以一把火烧它个干干净净当是农民造反的本性。但是这个“天朝之王”也须建造自己的王府，所以弃明故宫而建天王府，应是农民皇帝的梦想。可怜一个庞大而宏丽的明代宫阙，就在天王的一声命令中化为残垣断壁。此种兽行当然不能和八国联军火烧圆明园相比较，但是，内战中的兵火之灾，难道就可以被轻轻抹去吗？从某种程度上来说，此种兽行可能比外族的欺凌更加可恶，用自己同胞的鲜血来涂抹自己的嘴脸，以本民族的累累白骨筑就自己向上的封建阶梯，可能是这场农民革命不能彻底胜利的根本缘由。

1934年，朱自清在《南京》一文中写道：“明故宫只是一片瓦砾场，在斜阳里看，只感到李太白《忆秦娥》的‘西风残照，汉家陵阙’二语的妙。午门还残存着，遥遥直对洪武门的城楼，有万千气象。”这段描写与康熙南巡时的感慨有异曲同工之妙。不过，朱自清毕竟还能从一片瓦砾丛中看到了那在西风残照里屹立三百年而岿然不动的洪武门，所谓“万千气象”一语中饱含了多少历史的沧桑和辛酸，这是为众多人所看不见的历史意境。

如今的明故宫遗址与历史上的明宫有很大的差别，午朝门公园一带的石柱础是仅存的一些遗物，而就是这些石柱础，还是南京解放后由刘伯承、陈毅下令保护起来，并将三百五十个石柱础就地深埋，才得以安息的。这种抢救文物的行为方才是有远见卓识的政治家眼光。近日看到电视新闻中，有人在施工中挖掘到石柱础，却无人知是怎么回事，悲乎！南京的文物！

据说，今人要在明故宫遗址上建一座江南最大的多功能歌舞剧院，这好是好，但细细想来，此举岂不是又一次证明了南京古文化的失重和湮灭吗？！

俱往矣，明故宫的沉沦诉说着南京文化的六百年盛衰史。

1998年2月5日

徐达墓

离我所居住的地方仅几百米的板仓就是徐达墓，前几年去看过，还是杂草丛生、石刻横陈，这两年因拓宽道路，“明中山王神道”便直接面临着马路了。近日去看，除去大门外新添了一间“中山王饭店”，放眼望去，三百米的神道两旁仍是一片荒芜，在巍巍钟山足下显得有些委琐了。真有“蒋山青、秦淮碧”的感慨。

徐达作为一个明朝的开国元勋，可谓战功显赫，他在二十二岁时就参加了元末朱元璋的农民起义，屡建战功，与大将常遇春同称才勇。朱元璋一直封他为大将军，洪武元年克大都（北京市），以后又连年出击扩廓帖木儿，为覆灭元朝立下了汗马功劳。我没有考证过徐达在二十二岁前的活动，他出身农家，又和朱元璋是同乡，想必亦是读书不多，但他的才智谋略体现在他的军事活动中，足以纵横天下了。

1364年朱元璋在南京称吴王时，封徐达为左相国，可谓一人之下、万人之上了。四年后，朱元璋称帝，他为徐达所封的名号就更令人瞠目了：开国辅运推诚宣力武臣、光禄大夫、左柱国、太傅、中书右丞相、参军国事、魏国公等。本来，坐稳了江山的皇帝和大臣们在一片歌舞升平中可以共享太平天下的一切欢愉了，然而只能共患难而不能同甘甜的农民起义的领袖们，此时只剩下相互算计的本领了。

因为朱元璋坐了龙庭后，滥杀了许多功臣，所以南京民间一直流传着“朱洪武炮打功臣楼”的故事。据说开国以后朱元璋一直想除掉同打江山的穷兄弟们，这一点早已被军师刘伯温识破。一说刘伯温在朱元璋派人来逮捕他时就在家门口设了灵柩而人已逃走，这样朱元璋以为他已死便放心了；另一说是刘伯温早早告老还乡了，临行前到中山王府的“瞻园”向徐达辞行时，告诫徐达在功臣楼竣工庆典宴席上一定要寸步不离朱元璋。果然，那日朱元璋看到徐达不离自己左右，便起了疑心，问之，徐达便拿出了一帖铁券，上有朱元璋亲笔手书：“除造反不赦外，可赦徐达两次死罪。”于是方才和洪武皇帝一起下楼离席，将隆隆炮声中魂飞魄散的功臣尸骨留在自己的身后。

然而，徐达不除，究竟是这位农民起义领袖起家的新朝天子的一块心病。真是天赐良机，徐达背上生了一个瘩背，此乃为毒痈，决不能食发物，而朱元璋却送来了最忌的发物——一只烤鹅。据说徐达当时泪流满面，当着来臣之面吃下了这只鹅，不出三天便活活痛死了。

徐达一死方才解除朱元璋的心头之患。至洪武七年，朝中“才能之士，数年来幸存者百无一二”(《明史·茹太素传》)，就连皇太子朱标也不得不因皇帝“杀人过滥”而进谏，却遭到朱洪武的斥骂与责打。当时南京城里的大小百官人人自危，有民谚曰：“今日脱了鞋和袜，不知明日穿不穿。”可见朱皇帝的严刑王法之厉害。用铁的手腕来统治江山社稷是许多帝王的策略，只有消灭了异己才能安邦，这只是统治的一般规律，而只有剪除了同党心腹和才能卓著的人，方才能从根本上维持弱者型的一统江山。于中，我们不能不看到农民革命的悲哀。

朱元璋毫不手软地杀尽了开国的功臣，高官显爵们不复存在了。为了显示浩荡的皇恩，朱元璋开始在钟山脚下修筑王公贵族们的墓寝。当然，朱元璋首先想到的是自己百年以后的归属，所以他首先选中了钟山南麓独龙阜玩珠峰下为陵寝所在，也就是现在的明孝陵。他在阴间也时刻不忘他的至尊王位，“我一人居钟山之阳，功臣陪葬于山阴”成为钟山墓群的格局。因此，所有的开国功臣之墓都在紫金山的北面，从迄今所发现的六座赐葬的功臣墓来看，恰与南麓的明孝陵形成拱卫之势。朱元璋在阴间还希望这些功臣来保卫他和他的江山。除徐达墓外，周围还有开平王常遇春墓，岐阳王李文忠墓，以及江国公吴良、海国公吴桢兄弟俩的墓。这些功臣都是为朱元璋拿下大明江山吃尽了千辛万苦的人。尤其是李文忠，作为朱元璋的外甥和养子，曾三次冒死苦谏，劝其不要滥杀功臣，因而被削去官职，后幽闭家门，郁闷而死。可见皇帝一旦起了疑心，怕别人觊觎王位，是会不惜一切亲情和代价的。

徐达墓神道长约三百米，一进门的牌坊一看便知是新近复建的，上刻有“明中山王神道”字，亦为今人手笔。而牌坊后的“御制中山王神道碑”却是至今南京现存的大古墓碑之一，下有碑座（龟趺），通高八点九五米，宽二点二米，厚零点七米。仅比明孝陵四方城内的“大明孝陵神功圣德碑”矮了一米左右，怪不得后来明太祖朱棣又重新选取了世界之最的阳山碑材（通高一百三十七米）作为朱元璋的功德碑，终因不能启运而仍用此碑。区区一个中山王，仅比皇帝老子差一点点，当然要引来杀身之祸了。

原来的神道有石马、石羊、石虎、文臣武将各二，立于道旁，其雕刻艺术之精湛，是后来艺术家们一致称道的，可惜现在已东倒西歪仅存不足半数了。

墓茔为石块所砌，不甚宏伟，不知有无翻修过，因墓碑系其后裔所立，上刻有“明魏国公追封中山王谥武宁、夫人谢氏之墓”字样。

看了半天，亦只有那朱元璋亲自撰写、大书法家宋濂亲自书写的七十二字的碑文可读。这七十二字是否有其象征意义，不得而知。据说是为了不至于让粗通文墨的朱牧儿皇帝难堪，代拟碑文的臣子采取了既简短又易读的形式来书写碑文。据考，这是我国古代碑刻中罕见的有句读墓碑，这些标点符号是为学识浅薄的朱洪武而句读的吧？比起朱棣亲自为其父撰写的“圣德碑”的洋洋二千七百四十六字来说，碑文可谓少矣。但在这荒草丛中的墓碑前，我们可以看到徐达戎马一生、南征北战的骁勇身影，我们亦可看到徐达在加官晋爵的鼓乐声中惶惶不可终日的愁苦面目。哀哉，悲哉！用“伴君如伴虎”来形容一代君臣关系，可谓再恰当不过了，因为当虎再无敌手可食时，它就要食噬自己的同类了。不，此言差矣。因为“虎毒不食子”的古谚是针对兽类而言，而智商高于一切兽类的人类，却往往会采用非人道的（应为非兽道的）方式来残杀同类。这种不齿于兽类的丑行，何时能在人类中消灭呢?!

由此，我又想到了朱元璋那首与另外一个农民起义领袖写的相似的《菊花诗》：

百花发时我不发，
我若发时都吓杀！
要与西风战一场，
遍身穿就黄金甲。

真可怕，吓杀百花的帝王们，是不容许百花齐放的，若要齐放，必然要“战一场”。想到此，我对菊花却要刮目相看了。

如此菊花，还有甚可恋。

1998 年 2 月 7 日

扫叶楼

据说乾隆帝游历过的“金陵四十八景”中的第一景就是南京清凉山石头城上的雪景，美其名曰“石城霁雪”。可见此地确为金陵的好去处，然而如今到此一游的旅人却是少之又少了。或许很少有人知道三百年前栖居清凉山南麓的扫叶楼主是何人，或许即便知道有个叫龚贤的人，也并不知道他给后人留下的精神遗产是何等的重要。

“龚贤故居”南临莫愁湖，西望石头城，既名“扫叶楼”，又名“半亩园”，面积虽然不大，但楼层叠嶂，曲径通幽，颇有桃园遗风。乾隆南巡登临清凉山时有诗曰：“隔岫谁家扫叶楼，清标占断石城秋。分明郑后诗中意，逸兴遄飞那上头。”

很难想象，此中的“逸兴”是何等的复杂，其中之病态的扭曲，可能是这异族的风流皇帝难以体味得到的。在这表层的“逸兴”背后，却是一个士子终生的悲凉。

据龚贤在写给王石谷的诗后有长跋曰：“清凉山上有台，亦名清凉台，登台而视，大江横于前，钟阜枕于后，左有莫愁，匀水如镜，右有狮岭，撮土若眉。余家即在此台之下，转身东北，引客视之，则柴门犬吠，仿佛见之。”一面是滚滚大江东去的豪情壮志的激励，另一面却是柴门犬吠的悠然南山之诱惑。在这两种精神风格的悖反中，龚贤自有自己的精神取向。据说扫叶楼就是由于龚贤自画一老者持帚做扫叶状悬于住所楼上而得名。我不知道三百多年前的这位老夫子想扫涤什么样的历史尘埃，除却什么样的人寰落叶。

龚贤（约1618—1689），又名岂贤，字半千，又字野遗（野逸），号柴丈人、钟山野老、半亩居人、清凉山下人等，祖籍江苏昆山，一生居住在南京有五十年，为“金陵八家”中最为有名的一位画家，其山水画造诣极高。然而，龚半千之所以以遁世的面目出现于当时，则是有其深厚的历史背景和深刻的人文理想的。作为一个生活在明末清初的江南士子，和复社的许多同仁一样，龚贤用自己的诗与画抒写了那一代人的心灵创痛。我最佩服刘海粟大师对龚贤的诗与画的独到评断：“他憎恨新朝，并不能摆脱清廷统治，更不能损伤新政权一根毫毛；他怀念旧朝，皇帝对他并无德政。无论汉族或满族地主当政，他都逃脱不了贫贱的下场，逃脱不了内心的痛苦，他都不改自己的操守去迎合旧官新贵。而传统的忠君观念，在民族矛盾面前，他出于大义，只能站在对他并无好处、十分黑暗腐朽的明朝一边。这种典型心理，反映出封建社会下层知识分子的不幸。人对失去的东西容易美化和宽容。他又是懂得自然美的艺术家，旧日风习，被田园诗化的往事，荆棘铜驼，山川之恋，乡土之思，同辈人血流疆场的余痛，汇成浩荡的哀愁，织进他的作品。”（《龚贤研究集·序》）而龚贤的画“上承董源、巨然，下开苍黑山水，形成流派，为金陵八家之冠。逸气中的人间烟火，正是对故国之爱的升华”。“苍黑，表现沉厚的力度、冷却的悲愤、壮阔的气度，寓动于静的韵律。”“苍黑，又是现实生活的反映。”刘海粟这些对龚诗龚画的评价可谓切中要害，道出了这位终生不仕，一直游离于朝廷的“孤魂野魄”的士子心境。他虽然也在清军攻陷南京后像顾亭林那样云游四方（有《扁舟》一诗为证：“短衣曾去国，白首尚飘蓬；不读荆轲传，羞为一剑雄。”)，但他与顾炎武那样曾经侍奉过前朝的遗老，却有着不同的心境，顾炎武是无条件反清，而龚贤却是有距离地反一切统治阶级，这就使他更趋向于采取遁世的人生姿态。刘海粟先生认为龚贤“自负者大多自卑，他自知无力挽既倒狂澜，才决定走独善其身的路，笔耕糊口，求得良心的相对安宁。他的处境和经济地位，能体验到下层老百姓的哀痛，何况诗人很敏感。忠于皇帝，憎恨贪官，同情百姓，不求闻达，不与权势流俗同流合污，我们认为消极避世，在他自己认为是积极的生活态度，也别无他路可走。否则，以他的才智，求一小官养家，不至于太难”。我没有考证龚贤为何不仕的缘由，但我以为，在其年轻时一直在翰墨场上驰骋，就可证实他是想入前朝仕途的，不仕，原因不在龚贤，是在前朝科举的弊端。而后朝不仕，则完全出于一个士子忠义的情怀，一个士子的人格立场，也是一个士子立身之本的最后一道精神防线。其实，像龚贤这样身为两截的士子，在前朝亦怀才不遇，何能对统治阶级有好感？埋在心底里的都是怨与恨，所以，他的“忠君”是有限度的。而那种故国情怀则完全是出于一个正直的士子站在民族危亡之际发出的由衷的慨叹：“雄关迷虎踞，破寺入鸡鸣；一夕金笳引，无边秋草生。”道出了知识分子杜鹃啼血式的悲愤。龚贤在此花百金购置了几间瓦屋，每日在屋旁空地上栽花种草，这种“钟山野老”的隐居生活并不能抹平他胸中的块垒，他不能如陶潜一样进入“不知有汉”的桃源境界，当然，他亦不可能如顾亭林、张溥、夏完淳那样悲壮激越，但就其使用的一方“安节堂”印章而言，足可见其民族气节之一斑，其中士子之拳拳心迹清晰可辨。

作为一代遗民，龚贤的画之所以能够受到人们的器重，除了绘画的技法高超外，恐怕更多的是他画中的那份士子的骨气吸引了更多的赞誉目光。龚贤一生穷愁潦倒，但他决不用书画来博取功名，他就是因拒绝权势者豪夺书画备受欺凌而逝。作为一个以卖画为生的遗老士子，龚半千的生存状态一半出于超脱，一半出于无奈，他在看破红尘之后，只有用书画来慰藉残生。

据考，孔尚任与龚贤的交谊甚笃，可谓是“忘年交”，有人以为《桃花扇》中有龚贤生活的影子，我想，不管如何，龚贤一生清贫的士风给后来的诸如曹雪芹那样的学者士人留下了一笔无尽的精神遗产。龚贤死时，正值孔尚任欲创作《桃花扇》之时，龚贤毕生的士子气节不能不予孔尚任以震动，《桃花扇》中浩然之气的增添，或许有着龚贤之死的悲壮成因，这也不是不可能的事。据考，孔尚任的《哭龚半千》四首诗中的第一首下有宗元鼎注：“闻半翁殁时，孔公适在金陵，为经理其后事，抚其孤子，收其遗书，一时故老，皆感高义，泣下沾巾。”可见龚贤之死对孔尚任这位正在创作《桃花扇》的作者影响之甚，此中士子的凄凉悲愤早已深深植入了孔公的血脉之中。

“扫叶楼”于清咸丰年间一度毁于兵火，光绪二十五年（1899）奉敕重建，1901 年和 1914 年两次重修。著名现代作家朱自清在《南京》一文中所描绘的则是 1914 年重修后的景象：“‘扫叶楼’的安排与‘豁蒙楼’相仿佛，但窗外的景象不同。这里是滴绿的山环抱着，山下一片滴绿的树；那绿色真是扑到人眉宇上来。若许我再用画来比，这怕像王石谷的手笔了。在‘豁蒙楼’上不容易坐得久，你至少要上台城去看看。在‘扫叶楼’上却不想走；窗外的光景好像满为这座楼而设，一上楼便什么都有了。夏天去确有一股‘清凉’味。”

如今我们见到的“扫叶楼”是 1980 年以后重修的景象，然而那“滴绿”的景色早已被蒙上了满天的尘埃，那“清凉味”早已如杳然黄鹤，更有谁知道这“扫叶楼”楼主给金陵士子们留下的精神遗产呢？能够读懂《扫叶僧像》的人恐怕已经寥若晨星了。

1998 年 1 月 25 日

红楼曹府

如果没有大起大落的人生落差，曹雪芹是不可能以此大彻大悟的心境写就流芳千古的辉煌长卷《红楼梦》的。大凡史诗型的作家都须经历人生的劫难，方才可披阅十载，啼血成书。设若曹雪芹不是因为父亲遭到没籍抄家而被遣返北京，他在金陵仍旧过着一生鲜花簇锦、挥金如土的显贵生活，而没有瓦灶绳床、举家食粥、浪迹江湖的最底层生活作为铺垫，恐怕他的才气连同其昏昏然的社会认知都会被抛弃殆尽。

一部《红楼梦》可谓写尽了大清帝国由盛到衰的历史，作为一个帝国没落的缩影，我们亦可看见南京从中兴到没落的过程。如今许多“红学家”为考证《红楼梦》中所描写的原址，可谓把整个金陵古迹翻了个遍。当然，说南京是曹雪芹的故乡一点不为夸张，自他曾祖父曹玺出任江宁织造以来，曹家三四代人在南京为官生活了六十多年。想当年，曹家历经了康熙南巡中的四次接驾的荣幸，其“旷典奇恩”盛极一时。而最近娱看《康熙微服私访记》的电视连续剧，却没有以此为题材做文章，实为遗憾。《红楼梦》电视剧为忠实原著未能展开尚情有可原，那么这样的虚构的娱乐剧为何又丢掉了这好端端的素材呢？

当然，作为作家，他笔下所写的景物不可能局限于一处，所以有人说《红楼梦》是“两京记”（即以南京和北京为背景），不乏道理。而就曹雪芹来说，最最抹不去的是童年印象，南京的一草一木总关情，可谓亭台楼阁皆是画，历历在目入梦来。据考，曹家在南京的住房有十三处，共四百八十三间，地八处，共十九万顷零六十七亩，仅外面欠曹的银两就多达三万两千多两。可见曹家在南京的显赫地位。

据有些红学家研究认为，曹府在南京的遗迹处主要有五处：一是大行宫一带；二是汉府街一带；三是丹凤街一带；四是雨花台一带；五是金星桥一带。

大行宫显然是因曹家接驾皇帝而得名，康熙和乾隆两朝天子为何屡下江南巡视？恐怕除了苏杭天堂的美景外，金陵胜景亦是一个重要缘故。1984年，南京大行宫小学在施工时，发掘了不少文物和印有“大清雍正制”的瓷器，以及假石山等，证实此处正是清代江宁织造府西园遗址，也就是曹雪芹从小生活过的地方。这里紧靠着汉府街，我不知道它在1853年3月太平天国的兵火中是否遭过劫难，我亦不知道在1854年的汉府街的“天王府”（现总统府）的扩建中，它是否遭到拆毁。它究竟毁于何日，我想大约就在这些年间吧。如今，这里虽没有林立的高楼，但是织造府早已是无迹可寻了。一百年是历史的瞬间，但若想淡忘其中的人和物，视其为齑粉是易如反掌的事。

紧邻大行宫的汉府街就是江南织造府的旧址，亦是曹家的办公所在地。虽然明迁都北京以后，南京西华门这一带历经了一百多年的变故，但想必在曹雪芹时代还是很繁华的。而洪秀全为建天京王朝的天王府，于1853年入城后拆毁了大行宫一带的许多旧建筑，曹府当然亦在劫难逃。历史的更迭，湮没了曹家的辉煌，同时也给后来的《红楼梦》研究者们带来了许多考证的困惑。其实，作为文学作品，留下一些谜，似乎更有其距离美感的魅力。

丹凤街过去叫双龙巷，也就是乳育过康熙皇帝的奶妈——曹雪芹的曾祖母孙氏的住所。四十年代，著名的小说家张恨水曾以此地为背景写就了长篇小说《丹凤街》，文中第一章“诗人之家”起首就哀叹“现代化的商品也袭进了这老街”，若想追寻“古典意味”，“向这街南的茶馆里赏识赏识六朝烟水气”，那已是件很不容易的事了。而半个多世纪后的今天，丹凤街早已不复存在了，只留下了这一地名。林立的高楼、栉比的商店，更显示出现代都市的风貌。这里是市中心，地皮比黄金还贵，亦如张恨水当年在文中所言：“你睁开眼睛一看，谁的身上，又不沾着铜臭气？各人身上没有铜臭气，这个世界是活不下去的。”这便道出了精神和物质的二律背反命题。怀旧往往给人温馨浪漫的审美感受，而丑恶的物欲是压制人自然本性的东西，但是，谁又能逃脱它的笼罩而生活在乌托邦的理想世界里呢？反过来说，如果仅仅沉湎于物的享筵之中，人与兽的区别又在何处呢？曹雪芹正是经受了物质的极大丰富后又跌落在一个物质生活极度贫困的境遇中，才有可能深切感受到两者间的反差给人的心灵世界带来的极大震颤，才能创作出举世无双的皇皇巨著来。

丹凤街这处曹府遗产原宅面街朝东，前后五进，内有亭台，前有大厅，后有家庵，门前尚有石狮一对，虽然不大，毕竟还是皇上赐给的。太平天国时，此处曾被顾王吴如孝所占领，成为自己的府第，故也称“顾王府”。如今这一切遗迹早已不复存在了，就连一帧像样的照片都未留下来，物欲时代对一切旧的东西的扫荡可谓迅猛而无情。

另外，南京金星桥的“香林寺”原名“杜桂寺”，始建于南朝梁天监年间，明洪武年间朱元璋移建，更名“兴善寺”，有山门、天王殿、正佛殿、伽蓝殿、右祖师殿、藏经楼等建筑。康熙三十八年（1699），曹寅陪康熙巡游后买下了此寺，更名为“香林寺”，并给此寺施舍了四百多亩香火田，所以此寺在清代声名日盛，成为南京城的三大名寺之一，如今大殿犹存。我不知道《红楼梦》中王熙凤弄权“铁槛寺”是不是以此寺为背景的，但作为曹家的庙产，足可见曹家在南京的显赫。而位于中华门外雨花岗的曹公祠却早已毁于咸丰以后的兵火之中，无稽可考了。

如今的红学家们考证南京城西的“随园”就是“大观园”的原型，这也是不无道理的，虽然此园早已不复存在了，但从其历史的记载中，可见其一鳞半爪的影像。乾隆十三年秋，袁枚以“三百金”购得清凉山附近的小仓山，在此悠闲地度过了半个世纪，他一口咬定，《红楼梦》“中有所谓大观园者，即余之‘随园’也”。“随园”共有二十四景，风光旖旎，亭阁楼台、竹影花径尽在烟雨之中，“北门桥转水田西，路少行人鸟渐啼；遥望竹云遮半岭，此中楼阁有高低”（袁枚《答人问随园》）。据考，其中许多景观乃与《红楼梦》中的大观园相仿。就是这么一个极佳去处，却在太平天国后期被夷为梯田，想必是天王洪秀全为解天京被困时的粮草危机而不得已为之。战火中的生存问题当然是高于一切的，要这劳什子景色有何用处？南京的版图上可以没有“随园”，但是不可以没有天朝的位置。“葱蔚洇润之气”是救不了一个王朝江山的，可是，即便为征粮计而毁掉再多的园林，也同样挽救不了天朝“千寻铁锁沉江底”的命运。

石头城是曹雪芹至死不能忘怀的故乡，虽然他最后穷困潦倒于北京什刹海附近某王府的马厩里，过着食不果腹、衣不遮体的生活，但是金鼎玉馔、美女如云、笙歌达旦、穷奢极欲的金陵豪华生活景象却永远定格在他的脑海之中。他之所以将《金陵十二钗》作为全书的重要关目，就是因为那种永远挥之不去的怀旧情绪和恋金陵情结久久萦绕在他的脑海。作为可以屈死，而不可淡然忘却的作家来说，曹雪芹紧紧攥住了人的命运的咽喉，将人物放在大起大落的悲剧氛围中去创造，方才写出了历史的深邃和深邃的历史。作为一部惨淡经营的血泪之作，曹雪芹在《红楼梦》中所倾注的情感，可谓无处不是怀旧的伤感。“字字看来都是血，十年辛苦不寻常。”这十年呕心沥血的创造过程亦正是作家怀旧的过程，也是消除胸中之块垒的过程。

六朝烟水在隐退，红楼情踪亦在这个物化的时代淡漠，代之而起的是那些新修的充满着商业气息的假古董，大部分亭台楼阁、水榭画舫都集中在如今的夫子庙秦淮河两岸，就连“王谢故居”都已重建，更不必说“媚香楼”一类的仿古建筑了。可是，自然形态的游历已不复存在，景点大门口一道道售票亭，完全破坏了游客的兴致，举着人民币游览，一掷千金的派头，俨然是当下大商贾的做派。

穷困潦倒的士子曹雪芹如果返归故里，恐怕亦只能隔河兴叹了。秦淮河水变清了，可是人心变浑了，这都是百年沧桑的结果。

但愿这些场所能够成为公益事业的所在。

1998 年 2 月 10 日

宁海路45号

据说1948年11月13日上午正在南京丁家桥国民党中央党部主持召开党政要员紧急会议，为蒋家王朝的最后一搏作出战略决策的蒋委员长，突闻近在咫尺的湖南路上的陈公馆内传来的陈布雷的死讯，犹如五雷轰顶，惊倒在座椅上。显然，陈布雷之死是一个不祥的预兆，它无疑是一个朝代覆灭的信号，他的死亡给蒋介石的心灵将是一种毁灭性的打击，这恐怕是用几十万军队也不能替代的损失。陈布雷是何等人物？虽不能说是孔明再生，亦可说是当代少有的博学鸿儒。他的死并非是狂郁所致，而是对一个穷途末路时代的告白书。遥想二十年前，意气风发、挥斥方遒的陈布雷第一次为蒋介石起草《告黄埔同学书》时，是何等踌躇满志。而如今人心向悖，失道寡助，那份追随先生，效命党国的意志亦如杳然黄鹤，荡然无存了。他在给蒋介石的第一封遗书中说自己的自尽“早动于数年之前，而最近亦起于七八月之间，常诵‘瓶之倾兮惟垒之耻’（诗出《小雅》——笔者注）之句，抑抑不可终日”。陈布雷将大厦将倾之责归咎于己，不可不谓士子风度矣。

作为一个入仕的士子，陈布雷以1927年划界，表现出一个文人的两种完全不同的心境。这个与蒋先生同乡的才子，早年毕业于浙江省高等学堂，二十二岁跻身于新闻界，二十三岁就为临时大总统孙中山翻译对外文告。当年在《天铎报》上以十篇《谈鄂》展露才华，震动文坛，随后又主持上海《商报》笔政。这无冕之王的心灵自由，满可以将他推上中国当代鼎鼎大名的文人地位。然而，最终等待他的却是一个无法逃脱的御用文人的位置。用他的话来说，民国二十六年前，他是客卿，是自由的；而这以后，进入了蒋的侍从室，也只能是先蒋之忧而忧，后蒋之乐而乐了，犹如一只钻进笼子里的金丝鸟。虽位及人臣，但终究为御用。

伴君如伴虎，蒋委员长一向褊狭多疑，但陈布雷与之周旋二十年有余，从未有过大的冲突，可见陈布雷小心谨慎时是用多大的忍耐去克服那自由不羁的放浪灵魂啊。蒋介石二十年来的所有文字十之八九都出自畏垒之手，然而，这些枯燥的文牍不仅是埋没了一个天才文人的才华，更重要的是，它窒息了一代骄子自由飞翔的心灵世界。可以想见，四十年代末，正是陈布雷看透了自己为党为国不可为的悲剧结局，又不可能再回到二十年前那种文人士子的自由状态，才假托“狂愚”的脑病，吞下了一把安眠药，乘鹤而去的。

七年前，友人庞瑞垠在写《陈布雷之死》前，曾和我谈及他所接触到的一些陈布雷的日记，其中说到陈布雷死之前曾到鸡鸣寺进香拜佛，求到的却是个下下签，即“观音灵签”第三签：“冲风冒雨去还归，役役劳心似燕儿；衔得泥来成垒后，到头垒坏复成泥。”此乃天意，真可谓是一签中的！畏垒啊畏垒，你半生衔泥筑就的窠臼——自以为是为党为国披肝沥胆，忠心耿耿，到头来，却将一片大好河山丧失殆尽，一统如垒江山复成泥，看来是谁也挡不住的，就连自己的亲生骨肉都背叛了三民主义的信仰，这蒋家王朝焉能逃脱覆灭的下场？覆巢之下岂有完卵乎？！你一个畏垒之人尚有什么可选择的呢，只有逃逸到那个极乐世界里去，才能找到真正的“自由”。

十分耐人寻味的是，据说陈布雷侍从蒋介石，还是共产党人的所作所为。北伐战争后，李一氓与友人们拟物色一个具有正义感的才子做蒋介石的“谋略”者，但作为蒋介石的秘书和幕僚，既要严谨，又要才华，更要胆识。原先想到的是郭沫若，却偏偏郭沫若又是个浪漫主义才子；便自然而然地想到了陈布雷。于是就找到了当时广州政府的外交部长，其时正要做蒋介石的红人张静江女婿的陈友仁做中介，孰料张与蒋一谈即合，立刻让秘书邓文仪赴沪相邀。我想，这本应该是一出历史的喜剧，却偏偏演成了一出最终的历史悲剧。其个中原因就在于陈布雷永远用士大夫“不事二主，不作贰臣”的道德古训约束着自己，即使看清了眼前的形势，也不愿委屈了自己的人格。或许他的迂腐就在于尽忠尽孝，报知遇之恩。譬如，其实蒋介石明知陈布雷的女儿女婿是共产党人，亦睁一只眼闭一只眼，网开一面。这看来是一桩不值一提的小事，陈布雷则不得不为之心动。在江山社稷与人伦道德两者不可调和时，也只有以死来作为一个文人的最后归属。

尽管陈布雷位居高官，但是他却十分注意修身养性，他为官清廉是广为人知的。除了每天一听香烟以外，他别无嗜好，生活十分俭朴。抗战时期，友人看他身体孱弱，劝他加强营养，他却坚辞不肯，说蒋夫人每天送他一磅牛奶，已经超过了普通人的定量分配。如果他想发财，那真是易如反掌，陈立夫、陈果夫两兄弟创办金库，请他出任监事，他婉言谢绝；请他看戏，他因不好意思坐公家汽车浪费汽油而婉辞。直到死时，他也一如既往地身着一袭长衫，足蹬一双布鞋。他没有留下任何家产，只有四壁藏书还有七百金圆券（其时三百圆才可买一石米），还特有遗嘱，分给副官和勤务兵。至于妻子王允默，他只有托付给早年新闻界的老友潘公展和程沧波。从中，不难看出陈布雷作为一个正直文人在入仕时的那种“富贵不能淫”的浩然正气。

作为一代文章巨擘，作为一介耿狷书生，陈布雷的悲剧究竟在哪里呢？作为个体存在，他的品行道德是无话可说的；然而，一俟入仕，进入了一个特定的时空，政治和历史的惯性就将你推入了一个两难的尴尬人生境地，在生与死的天平上，你是别无选择的。要么苟且偷生，要么壮怀激烈。陈布雷给蒋介石的两份遗书中就可清晰地看到他那欲哭无泪的面影。我想，他和王静庵（国维）的死是不同的，王是更多的悲观失望，陈却是看破了红尘。

陈布雷已经死去了五十年，不知像他这样的江南士子悲歌对今日之文人有无借鉴意义？

陈布雷在给自己妻子的遗嘱中说：“我的躯体不值一钱，草草为我斥窀，即在南京薄埋之，千万勿为我多费财力也。”然而，不知是委员长，还是其他人的主意，陈布雷的灵柩还是移到了杭州西湖的九溪十八涧，据闻，当时是一路风光，党政要员们礼迎厚送，真让陈布雷的在天之灵不得安宁。前些年去杭州，一路觅去，杳无墓迹。

如今南京山西路一带高楼迭起，原先国民政府要员们的一栋栋小洋楼亦如覆巢下的危卵，不知湖南路上的陈公馆尚在否？本世纪的最后一幕将徐徐遮蔽着陈布雷留下的最后一缕身影。

一个摆正了垒与瓶关系的人，毕竟是要交出那份知识分子自由之身的。此乃瓶之畏垒也。

1997 年 2 月 16 日

南京的城墙

我很喜欢沿着太平门的城墙边散步，一直走到中山门。这一路皆为南京城墙最高最宽之处，当然，玄武门那一段亦是如此。当最后一抹夕阳照耀在从城砖缝里旁枝逸出的小树和灌木以及缕缕苔痕上时，一种油然而生的沧桑感和凝重感便悄悄地爬上心头。尤其是避开了都市的喧嚣，仿佛进入了一个了无时间概念的空灵之境，一瞬间，你的心灵就被锁定在历史的幽静之中。

我去过西安两次，特别留意了西安的城墙。说实话，同是明代所筑的城垣，西安的城墙显得娇小而整洁，处处流露出着意的人工斧凿之痕，它在西安人的呵护之下，矗立于城池的中心，更具有“古董”的气息。相比之下，南京的城墙却像腾云驾雾的蛟龙，忽隐忽现，断断续续，更贴近自然，更有一种粗犷的风韵。

南京的围城之大是可称世界之最的，且不说宫城、皇城以及外郭三道城垣，仅都城的周长就有三十三点六八公里，城墙最高处二十多米，巍峨之状可见一斑；顶部最宽处有十多米，两辆重型卡车交会绝无问题，小时候玩要开仗多半是在城墙之上，那里远比书中的“三味书屋”和“百草园”要开阔得多、有趣得多。据说当年朱洪武建造城墙是用了二十八个府一百一十八个县烧制的大城砖，如今每一块城砖上还清晰地留有各府县长官监制和承制工匠的姓名，要知道，倘使稍有一批城砖不合格，可是要立斩不赦的！不比今日“防洪墙”那样不经事，偷工减料，粗制滥造，最多也就批评批评，处分处分而已。城砖的规格是统一的：长是四十至四十五厘米，宽是二十厘米，厚是十厘米。当然，有些城门要津处的城砖是特制的，更大更宽更厚，“文革”时，我们曾用它刻石锁，锻炼膂力，一块偌大的城砖，掏空了近一半，仍有四十斤重。小时候常听老人们说，砌南京的城墙，是用糯米、蛋清与石灰搅拌作黏附材料的，这在三年困难时期里，听起来颇有点童话的味道。难怪南京的城墙虽然是用原始材料砌成的，却比某些现代化的建筑更为坚固，它历经六百多年的沧桑而岿然不动，可见现代高科技的材料再好，只要掺入了充满铜臭的人心欲望，同样是不敌任何风雨侵袭的。

我从小就居住在光华门（正阳门）一带，依稀记得五十年代时城门尚在，如今早已成为杳然黄鹤。其缘由乃是五十年代末“大跃进”号召所为，周边的菜农和工人们为建造房屋拆走了大量的城砖，致使六十年代这里就成了·段“黄土高坡”。终于，这一段饱经历史沧桑的城门消失在南京的版图上，它没有毁在“太平天国”的战火之中就算是极大的幸运了，它也没有在日寇的铁蹄之下毁于一旦，只留下了累累弹痕，可它消失在那个贫困的年代，消失在“一天等于二十年”的大跃进的鼓噪之中。悲夫！

其实，六十年前，在“南京大屠杀”的前夕，就在城东南一带的城垣中展开了一场血腥的“南京保卫战”。虽然时任南京卫戍司令长官的唐生智表示“誓与南京共存亡”，但我始终弄不明白此次战役为何打得如此窝囊。且不说南京外围阻击战的失败，就说依着南京坚固的城墙，我们的守军也不至于兵败如山倒呀。紫金山守不住，孝陵卫也守不住，中山门

（朝阳门）总该坚守一阵吧，然而随着总队长桂永清和参谋长邱清泉的溃逃，城门何能不破？倒是激战在光华门与通济门间展开，守军的敢死队和二五七旅、二六一旅的官兵，连同旅长易安华等用血肉之躯为中国士兵竖起了一道精神的铜墙铁壁。雨花台失守！中华门失守！光华门失守！……南京的城墙终于没有阻挡住侵略者的铁蹄，终于没有成为保卫这个城池和这个城池人民的天然屏障。

我们只在纪录片镜头里看到日本军队进入南京时的情景，其实，在历史档案中留下的两帧照片足以使南京人民受用几辈子。其一是人潮如蚁的日本兵站在轰塌的南京城墙斜面上的耀武扬威情形，真是一幅胜利者的狂欢景象；其二是在民国政府的总统府门前。或许，在现代中国人的心目中，定格下来的是中国人民解放军占领南京时留下的那幅士兵们站在总统府门楼上欢呼的照片。然而，历史无情地告诉我们，第一次站在总统府门楼上欢呼雀跃的却是日本兵！我想，在蒋委员长一生心灵中最为至痛的两帧照片，莫过于这 1937 年底和 1949 年 4 月的总统府门前的两帧留影了。

如今，南京的城墙在历代的战火和劫难中已成为断断续续的轮廓，近年来市政府拟重修城墙，我倒不以为然，每一断处不正是一段南京城墙的痛史吗？台城贮满的是情和爱的历史，而诸多城垣埋葬着的则是耻辱和仇恨的历史！这一切都是历史的自然造化，与其将南京的城墙当作人文景观来细读，还不如将它作为一个自然景观来远眺。只有在自然的揣摩中才能体悟出历史的深邃来。

踯躅于这高大的城垣之下，我仿佛置身于历史的硝烟之中；可是我还是想回到自然造化的城墙之中，因为我恐怕如今物质欲望下的疯狂又植入这绵延的城墙之中，成为南京城墙新的一段痛史！

刊于《中华散文》1999年第三期

朝内大街166号的风景

年前的一次聚会上听现任的人民文学出版社社长管士光兄说，朝内的大院要拆了，不由得心间悸动了一下，三十年前的许多往事涌上了心头。

1984年冬至1985年夏，我随叶子铭先生前往人民文学出版社参加《茅盾全集》文论十卷的编纂工作，走进朝内大街166号大院的人民文学出版社，真的有一种神圣的敬畏感，倒不是那个院子有多么气派（那院落与人民出版社共有，甚至显得有些寒酸、狭小与破落），而是见到了许多著名的编辑家和文学家，心中十分感佩。虽然各个编辑部就挤在进门右手的那栋在八十年代尚不显得陈旧的大楼里，但人气还是很旺的，真是往来无白丁，行走的都是有来头的文学家。在二楼的“茅编室”往下看，每一个出入人文社的人都可尽收眼底，我的办公桌就在窗前，头一伸便可看见院子里的一切，于是这里就成为我观看人文社风景的一个“窗口”。

“茅 编 室”

因为茅盾在中国文化与政治上的特殊地位，尤其是中共中央决定追认他的党籍从中国共产党诞生时算起，所以《茅盾全集》编委会的阵容是十分壮观的，主任委员是周扬，副主任委员是孔罗荪。按姓氏笔画排名的委员里有丁玲、巴金、韦君宜、戈宝权、王瑶、王仰晨、叶子铭、叶圣陶、冯牧、冰心、孙中田、刘白羽、艾芜、许觉民、阳翰笙、张天翼、张光年、沙汀、邵伯周、陈学昭、陈荒煤、周而复、周扬、罗荪、欧阳山、姚雪垠、胡愈之、唐弢、夏衍、郭绍虞、梅益、曹靖华、黄源、楼适夷、臧克家。其实这个班子里一开始管事的是孔罗荪，编委会开过几次，主要事务是专家学者过问多一些，而官员人物中，时常会做一些指示的人恐怕就是黄源同志了。组建的“茅编室”是由叶子铭担任编辑部主任，早期加入的几位茅盾研究专家和学者是孙中田、邵伯周、查国华、吴福辉、王中忱，后来又调了内蒙古包头师专的丁尔刚。社里后来又调进了张小鼎和瞿勃（瞿秋白侄儿）参与《茅盾全集》的工作。那时人文社又进了一批七七、七八级的大学专科毕业生，其中有两个武汉大学中文系毕业的李昕和刘拙松也一并入社，他们一个分配到“总编室”，一个分配到“茅编室”，进“茅编室”的就是刘拙松。当时还有两个临时帮忙的年轻人，他们专管跑资料，后来因调进了牛汉的女儿史佳，也就辞退了那两个年轻人，外调资料的重担就交由我与刘拙松了，当然，拙松跑各大档案馆和图书馆的时候更多，往往一出去就是一天，午饭都没法正常吃。

那时我们正年轻，也能吃苦，整天没日没夜地看稿，一点不觉得辛苦，记得有一次让我突击编辑校勘《走上岗位》，拿到手的稿子是茅公用毛笔写在毛边纸上的手稿，我几乎是三天三夜没有睡觉，在兴奋中完成了校勘与编辑的，因为我的兴奋点都集中在那种无穷的窥探欲之中，就是透过台灯的灯光来琢磨、推敲、甄别、判断手稿所书写的原来的字句，这也成为我校勘所有十卷文论时的癖好，几个版本不同时期的修改，真是可写一部学术专著了，可惜的是，那些校勘稿我没有留下备份，几年后想操刀著述，却无从下笔了。我想，大约所有做编辑工作的人都会有同样的嗜好吧，当年刘拙松也就是一个刚刚踏上工作岗位的年轻人，但我也常常看见他就着灯光翻来覆去地勘验，也就会心一笑了。

我在“茅编室”把文论十卷本校完编好就离京回原单位工作了，吴福辉去了中国现代文学馆，王中忱调往丁玲主编的《中国》杂志社，孙中田和邵伯周先生基本上不驻京，而叶子铭先生则是半年驻在人文社，半年在南大工作，而常驻在人文社的是查国华与丁尔刚两位先生，随着《茅盾全集》逐步完成，非社人员逐渐退出，最后退出者大概是丁尔刚先生吧，他最后去了山东省社科院，刘拙松后来也回了湖南老家，供职于湖南文艺出版社，“茅编室”日常工作和扫尾工作均由张小鼎先生担任，直至“茅编室”撤销。

当时社里抓“茅编”工作的领导是张伯海总编，他是山东大学中文系毕业的，为人厚道，工作勤勉，那时的组织观念甚强，我虽为编外的编辑人员，进社工作时张伯海先生还是找我谈了一次话，大意无非就是这个工作的重要性和勉励年轻人的一些话，直到大半年后我要离开人文社的时候，他又找我谈了一次话，也无非是感谢、表扬、鼓励之类的话，但是给我留下最深刻印象的是，他从书柜里拿出了一套罗曼·罗兰的《约翰·克利斯朵夫》和另外几部社里出版的世界名著赠送给我，留作纪念，我便匆匆结束了谈话，兴奋地溜出办公室翻书去了。后来他调离了人文社，去创办了中国第一个出版印刷的大专院校。

在我一生当中，最害怕接触的就是那种不苟言笑的前辈，起初我见叶子铭老师时也是战战兢兢的，因为他是一个十分严肃的人，似乎不易近人，但是经过长久的交往，你才能感觉出他人格的热度。而王仰晨先生也是我最敬重的老编辑，但是他在我的心目中总是有一种距离感，虽然他的勤勉与严谨赢得了人文社上上下下、里里外外的交口称赞，然而，我对他还是有一种莫名的畏惧感。当时他兼顾着三部全集的编纂工作，一是未了的《鲁迅全集》，二是正在编纂中的《巴金全集》，三是上马不久的《茅盾全集》，其精力投入之大是可想而知的，但是他默默地扛下来了，毫无怨言。我每每向他交稿时，心中都很忐忑惴惴，生怕出错，他不多言，我也很少与他交谈，偶尔他也下楼来嘱咐几句，总是极简约的三言两语，指导勘误亦似乎是漫不经心，但你仔细回看却会时时惊出一身冷汗，这就是那种不着一句就让你一世谨记的人格力量吧。直到我离开人文社时，他也没有找我谈过一次话，却给我递上了一封信，虽然也是一些表扬勉励的话，但是由于形式的不同，其留在我脑海里的印象深度也就有所不同。离开人文社以后也就断了音信，但是1991年6月29日他给我来过一封信，主要内容竟然是请我帮助查一下南京师范学院《文教资料简报》第四十九期是1976年哪月出版的，接信后我就立即查阅回复了他，我仍然像他的一个下属那样尽量快速圆满地完成了任务。我永远记得他在信中写的最后一句话："年轻多么好！愿你永远年轻！"当前些年听到他逝世的噩耗时，想起了他的这句话，不禁热泪长流。是的，一个人在年轻的时候对青春的消费是毫无感觉的，只有当他进入暮年时才会体味到年轻的可贵。当我今天走向暮年时，我才能体味到王仰晨先生这句话的分量，我只能祝愿我敬重的前辈们在天堂里青春永驻。

"茅编室"遇到的最大一次危机则是人文社的《新文学史料》发表胡风回忆录时将茅公在1928年脱党后，也就是写完《蚀》三部曲和短篇集《野蔷薇》后坐轮船去日本，在船上与胡风遭遇的情景描写公布于众了。那时最紧张的是叶子铭老师和茅盾之子韦韬，记得是一个有着月光的春夜，在水银泻地的人文社小院里，他俩影影绰绰的身影在墙角的拐弯处时隐时现，一直谈到下半夜。其实，今天看来，那段在“革命加恋爱”的史实当中，正是我们解读茅盾许多作品的钥匙，那“混合物”的创作之所以能够成为左翼文学的开山巨制，谁说不是和这丰富而具有时代特征的文化心理紧密相连呢？今天看来是可笑之事，而那时却是伟人之讳，在那个乍暖还寒的岁月里人们的道德是没有想象的翅膀的。

遭遇作家

《当代》编辑部就在“茅编室”的旁边，那时的老编辑如今都已经退休或作古了，刚刚故去的刘瑛也是那时的中年编辑，而那时刚刚进编辑部的G君，还是乳臭未干的小年轻呢，他对《当代》的贡献很大，却也英年早逝了。

那年时常看见一些被称作年轻作家的人来人文社改稿，如果说是改长篇小说来与编辑部沟通，还有一个说头，而那时候一个中篇小说，甚至一个短篇小说都时常将作者从外地调进京来改稿，作为国家最高级别的出版社就是这么任性，而被呼来唤去改稿的作家们非但没有任何怨言，而且还将此作为一种神圣的荣耀和炫耀的资本，向世人摆谱张扬，真所谓“店大欺客，客大欺店”是也，当年我是没有见到大客，倒是见到了那些日后从这门里走出去变成了大客的小作家。

常常在食堂里看到在改《活鬼》的河南作家张宇，他很是健谈，把修改的路数一一和盘托出，因为当时我正在从事乡土小说的研究，想起了三十年代彭家煌的那个短篇《活鬼》，便建议其中书写原始人性的东西可以参照。又常常看见甘肃作家邵振国穿着一双圆口布鞋蹲在院子里发愁，愁的是他那个《麦客》怎么“开镰”。我就是那时认识这位诚朴忠厚的西北作家的，近三十年后，我们在兰州重逢，真是感慨万千，尽管我们时而还保持着通讯联系，但是见面回忆起往事，更是唏嘘不已。贾平凹那时已经算是不大不小的“客”了，因为我1980年就在《文学评论》上发表了评论贾的文章，与之过从甚密，因为我要写评论稿，平凹就把“鸡窝洼人家”系列中篇的手稿先交与我看，哪知道《当代》的某一个编辑打上门来不容我看完原稿就毫不客气地讨要，那种颐指气使真是令人发指，她还以为自己真是个人物呢，倘若不是碍着平凹的面子，我真懒得理她，这就是自以为靠着店大可以欺客的小人编辑的行状。当然，遇到大客，还是要精心伺候的，那时“当代组”的编辑夏锦乾兄正在重新编路翎的集子，而他每天都往路翎家里跑，不厌其烦地与之沟通，回来后就滔滔不绝地给我们描述路翎的生存惨状。因为路翎刚刚出狱不久，人已经几乎呈痴呆状了，生活是一塌糊涂，每每在食堂里听到锦乾兄谈及交往中的细节，真是感慨万端，一代风流竟落得个如此境遇，悲哉。

最有意思的是蒋锡金来了！那天蒋先生从东北来，并且与我同住一个屋，这是我在人文社那段光阴中活得最精彩的一天一夜。王中忱兄本是与我住一个宿舍，因为那时他夫人已经调到了北京语言学院，所以家也就落在那里，平时他住在家里，他在人文社的宿舍床是空的，于是平时我就独霸一个宿舍了。王中忱本来就与蒋锡金为东北师大同事，因此让他来人文社住一宿是顺理成章的事情，况且蒋老与人文社也有着深厚的友谊。

那天，他是来见好友丁玲的，下午到了“茅编室”的宿舍就开始与我聊天，奇怪的是，他不喝我给他倒的茶，却从包里掏出一瓶烈酒，以酒代茶，对酒当谈起来。当然，聊天的内容无非就是两个主题：一是与丁玲的交往，以及由此而辐射到的许许多多人和事；二是谈东北作家群。在1984年，能够亲耳聆听到许多鲜为人知的老作家的趣闻逸事，你想是多么的刺激啊，就像观赏情色影片一样，满足了我对作家隐私的窥视欲望。一直听他说书似的谈到晚饭时分，我要请他去食堂用餐，他坚辞不肯，说他不吃饭只喝酒。我只得到食堂打了两个馒头便匆匆赶回，继续听他开讲。一直聊到夜里十二点多钟，他竟然将一瓶五百克装的烈酒喝光了。他亦不讲究，草草收拾就蒙头呼将起来了，我却一直沉浸在他那支离破碎的名人故事轶闻之中而久久不能入眠。寐至凌晨三点多钟，老蒋，不，蒋老！翻身下床，摸索着开了电灯，径直走到对门，不断敲击和拍打门板，我吓坏了，对门是一个带着婴儿的小媳妇，其丈夫是人文社的校对，恰好出差去了。俄尔，拍门声将息，少顷，敲门声又起，如此再三，声渐止，便听得哗啦啦一阵，而后便飘过来一阵阵腥臊恶臭之味。我赶紧呼唤：蒋先生、蒋先生……未料他进得门来，倒床便又呼将起来。我恍然大悟，原来蒋先生是在梦游之中呢。第二天吃完早饭他又去丁玲处了，而他留下的那泡尿的气味与话题却在人文社里飘荡了好几天呢。

有趣有味的蒋先生的面影多少年来一直在我的眼前晃动。

买书、禁书与毁书

1985年人文社处理一批在“十七年”当中出版文学作品和资料，价格相当便宜，规定每一个职工都可以购买，那天，在会计室窗口，大家争先恐后地排队购买诸如“三红一创”之类的书籍，我也购买了一大堆包括系列作品选集、资料和重版的三十年代的作家作品，兴奋了一天。

更使人兴奋的事情还在后面，时任人文社社长的韦君宜决定出版的删节本《金瓶梅词话》（上、中、下三卷本）即将面世，那些天这个话题让许多人奔走相告，据说能够印刷这样的“内部作品”还是由上面某一个大领导拍板的呢，作品冠以“中国小说史料丛书”出版也算是名正言顺的，实在不行，那就说是“供研究和批判用”的呗。如今打开这部书，尚可见戴鸿森在1980年时所写的“校点说明”，而版权页上写的却是1985年5月第一版，印数是一万套，定价是十二元。可见从戴氏校点完毕到“内部出版”供批判用，整整花了五年的时间，足见其中所经历的层层讨论和逐级审查是多么的艰难，而印数一万套是远远不能满足当时的“人民大众”之需求的，我以为即便是一百万套也是会告罄的，但当时的防扩散意识还是很强的，于是规定只有一定级别的高级干部和高级知识分子才能享有购买权。好在“茅编室”如我这样的普通编辑人员也同样享受了非高级知识分子优惠的购买权，于是，那天我拿到书以后如获至宝，连夜阅读。没几天，坊间就有了私下买卖被删节的油印文字本了，记得要好几块钱。戴鸿森先生在“校点说明”的第三部分的“删节”中的第一段如是说：“书中大量的淫秽描写，实是明代中末叶这一淫风炽盛的特定时代的消极产物，自来为世人所诟病。对正常人来说，只觉其秽心污目，不堪卒读。至于有害青年的身心健康，污染社会的心理卫生，尤不待言。兹概行删除。具体办法是：只删字，不增字，删处分别所删字数。这样做，为的是免致研究工作者迷惑；文情语势间有不甚衔接处，亦易为读者所谅解。全书合计删去一万九千一百六十一字。”当时我看到这里，不由得对这位冬烘先生忿忿不平起来，噢，你看过就不怕“秽心污目”，还假惺惺地“不忍卒读”，我倒是想“秽心污目”呢，为什么不给机会，我“可忍卒读”，你为什么不给条件。当然，这只是笑谈，戴先生也是无奈之辞，一切由不得他做主，此乃言不由衷、掩人耳目之辞也。殊不知，这种行为后来竟然成为名作家贾平凹在创作《废都》时运用的一种文体形式了，以此来构建一种故事的悬念，以至于达到一种商业化的宣传效应。虽为后话，却也是从中得到某种阅读的启示罢。

作为我阅读的中国小说的第一部色情作品，固然受益颇多，它使我懂得了文学与情色的关系，以及其描写的尺度应该如何把握的真谛。所谓“禁书”真的是与时代的观念思想密不可分的：什么样的时代就有什么样的情色文学，其“度”是随之而膨胀收缩的。

情色作品如此，而意识形态作品也是如此，那年，人文社接到上峰的指令，将一本即将发行的《曲有源诗歌选》拦腰切断，送至造纸厂。刘拙松从“当代组”觅得几套拼接本，也送给我一本，被搞资料的查国华君看到了，他在编辑部里转悠了整整半天，嘴里不停喃喃自语：“这都是珍贵的资料，这都是珍贵的资料啊！……”我翻阅诗集，似乎看不出什么有违四项基本原则的问题来，而先前我对这个诗人也知之甚少，只记得他有一篇写得不怎么样的诗歌《关于入党动机》

获得过八十年代初的全国诗歌奖，也许就是他的诗歌涉及了敏感的话题禁区吧，从此这个诗人也似乎就无声无息了，这就是一本书毁掉一个诗人的例证，所以我也就知晓了一个真理：即便是国家出版社，你再牛也得遵守出版界的丛林法则。

一晃三十年过去了，昔日“茅编室”的窗口即将不在，但我穿越三十年的时光隧道，分明看到的是我们这个时代在行进中的一束束金色阳光和一抹抹血色晚霞。

2014 年 12 月—2015 年 3 月 17 日完稿

刊于《随笔》2015 年第三期

后收入《朝内 166 号记忆》，人民文学出版社，2016 年 4 月出版

宠辱不惊　勘破风云

一直想完整地写一篇描写钱先生的文章，总觉得无从下手，总是怕在文辞表达不当处冒犯了这位前辈学者，便只是在散文随笔中略略地勾勒几笔他在生活中的行状与面影，即便如此，那片言只语的素描也有人喜欢，我想，读者诸君肯定不是喜欢我的文字，而是十分喜爱和欣赏钱先生“这一个”有着独特性格的人，他率真的未泯童心正是这个人人戴着人格面具时代难以打捞的人性中本质化的精髓，这也许就是钱先生长寿的秘诀。

华东师大中文系为纪念钱先生百年寿辰，已经是第三次敦促我写点文字了，非我不想写，而是不敢写。照理说，从上个世纪八十年代中期，我就追随先生编写中国现代文学教材，每一次聚会都是一次人生的大课，华东师大另一位大钱先生四岁的徐中玉先生，也是我编写《大学语文》教材的引领者，而他们俩恰恰都是南京大学前身中央大学的校友，我们又与华东师大中文系的许多教师都是至交的朋友，钱先生的许多弟子也与我过从甚密，尤其是他的开门博士吴俊现在又是我的同事，于情于理我都想写一篇文章为钱先生的百年诞辰献上心香一瓣，但是，面对这样一个我最尊敬的前辈学者，生怕自己有半点文笔上的差池而亵渎了钱先生的伟岸形象，因为我也是一个放浪形骸的写者，而我最想写的就是钱先生生活中的点点滴滴，因为那才是人性最真切的一面。

其实，想写钱先生的生活行状已经构思了很久很久了，缘由就是钱先生的学问早已是被历史所定格了，自不必多说。而能够把钱先生的性格和内心描写得令人信服又有趣的文章还不多。显然，让我这个“半吊子文人”来描摹一个多面体、立体化的大师级人物，肯定是笔力不逮的，但是我还是想尝试一下。

“文革”开始时，作为一个初中生，在轰轰烈烈批判各种各样的反动言论的时候，我们是影影绰绰地知道上海的巴金和钱谷融的“人性论”是在批判之列的，理由很简单，“世界上没有无缘无故的爱，也没有无缘无故的恨”，一切爱与恨皆由阶级斗争所致。直到读大学的时候，我们才在文学理论课上读到了钱先生的《论“文学是人学”》的长文，针对这个文学的根本问题，我们展开了长时间的讨论。用先生在1957年的话来说：“高尔基曾经作过这样的建议：把文学叫做‘人学’。我们在说明文学必须以人为描写的中心，必须创造出生动的典型形象时，也常常引用高尔基的这一意见。但我们的理解也就到此为止，——只知道逗留在强调写人的重要一点上，再也不能向前多走一步。其实，这句话的含义是极为深广的。我们简直可以把它当作理解一切文学问题的一把总钥匙，谁要想深入文艺的堂奥，不管他是创作家也好，理论家也好，就非得掌握这把钥匙不可。理论家离开了这把钥匙，就无法解释文艺上的一系列的现象；创作家忘记了这把钥匙，就写不出激动人心的真正的艺术作品来。这句话也并不是高尔基一个人的新发明，过去许许多多的哲人，许许多多的文学大师都曾表示过类似的意见。而过去所有杰出的文学作品，也都充分证明着这一意见的正确。高尔基正是在大量地阅读了过去杰出的文学作品，并广泛地吸收了过去的哲人们、文学大师们关于文学的意见后，才能以这样明确简括的语句，说出了文学的根本特点的。”在那个缺乏常识的时代里，能够有这样的洞见，已经是不容易了，何况这个常识至今尚有用。钱先生说自己这辈子没有说过后悔的话，则是因为这个话是真理，同时，也反证了钱先生追求真理执著的性格。那么，我们如何用这样的一把总钥匙打开钱先生的心灵之窗呢？

其实，一个学者一生当中只要有一个论点被实践证明是有效的，且历经时间的考验而经久不衰，他就是一个有学术贡献的人，钱先生就是这样的一个大学者。

我觉得更值得书写的是钱先生对生活的态度，如果仅仅用热爱生活来概括先生的一生，恐怕过于肤浅了，他应该是那种洞穿人世的仁者，也是那种用物质生活去丰富自己内心与灵魂的大智者。唯有此，我们才能从中找到钱先生对“人学”的最好阐释。

“宠辱不惊，闲看庭前花开花落；去留无意，漫随天外云卷云舒。”这是在陈眉公辑录《幽窗小记》中记录明人洪应明的对联，而洪应明则是《菜根谭》的作者。以此来形容钱先生的生活状态，应该是再合适不过了。

自“反右”斗争以后，先生沉寂了，投身于世俗生活之中，将变幻莫测的政治文化生活置于脑后，这一段生活的记录，我尚未见到文字记载，我不知道钱先生有无日记的记录，倘若有，当是有着活化石意义的史料。直到上个世纪的八十年代，我才在一次次的会议上与景仰已久的钱先生交往，一开始我就被他率真坦荡的人格魅力所吸引，原来想象中的一脸严肃的学者形象，立马变成了一个鲜活有趣的可爱人物。他头上永远戴着的那顶贝雷帽几乎成为钱先生形象不可或缺的性格象征。活泼、开朗、率性、真诚，而唯独没有的是机心，因为钱先生是一个无机事的人。

那一年在《中国现代文学史》通稿会议上，大家在宜兴多住几日，我们就有了一个较长时间的接触，我们一干年轻人往往在背后调侃揶揄诸位老先生们，尤其是钱先生，包括他的学生，都是把先生的行状与语言模仿得惟妙惟肖。

我们去阳羡茶厂品茶，大家尽管称赞茶好，但没有一人像钱先生那样认真去品茶的，茶过三巡，大家都开始换盏重续，直喝得肚皮胀大，约摸勾留了一个多钟头，便都起身欲回宾馆，而偏偏是钱先生余兴未了，只见他稳如泰山地坐在藤椅上就是不起，不紧不慢道：你们先回吧，我还要再吃两浇。无奈之下，大家也就只能重新落座陪饮。此番喝茶，足见钱先生对茶的钟情，对饮的认真，现在回想起来，这更是先生对生活一丝不苟的态度。

更有趣的是钱先生在宴席上天真烂漫的行状，让我们事后模仿得前仰后合，让无知的我们只看见了人生皮相的一面，却没有体味到人性的“真知味”。那日，宴席上倒是上了几道高档的菜肴，比如一大盘扇贝端上来，中山大学的吴宏聪和金钦俊先生说，这么大的扇贝在广州得一百多元一盘，要知道当时我们的月工资至多也不过如此，说时迟那时快，钱先生端起了盘子一边往自己碗里拨，一面说：这个我喜欢。少顷，又有清炒大虾仁上桌，先生仍然此法炮制。后来又有螃蟹造型的大紫砂器皿端上来，竟满是蟹黄和蟹肉的蟹粉豆腐，先生再复之。我们交头接耳，低声附耳传之：他老先生喜欢，我们就不喜欢了吗？这顿饭让我们永远记住了先生的率真与童趣，如今那一干年轻人现如今也都是老人了，可是每每相聚，仍然念念不忘当年的这场宴席，虽然宴席无酒，但是先生的风趣让我们醉了大半辈子！

如果钱先生是一个擅饮者，也许就会给我们留下更多有趣的故事，可惜他不喝酒，至多就是抿一小口而已，或者是一点点红酒。我没有问过先生的饮酒史，究竟是不能饮，还是戒过酒？不得而知。也许亦如明季陈继儒在《幽窗小记》中所言："食中山之酒，一醉千日。今世之昏昏逐逐，无一日不醉，无一人不醉，趋名者醉于朝，趋利者醉于野，豪者醉于声色车马，而天下竟为昏迷不醒之天下矣，安得一服清凉散，人人解醒，集醒第一。"我总以为先生是与酒交友者，猜度先生一生当中可能有过痛饮史，因为酒也是能够体现人的真性情的尤物，当然，倘若先生讨厌如刘伶解酲那样无行者也就罢了，似乎先生少饮和不饮，让他的性格中缺少了一点灿烂的色彩。然而，有人一直把先生比作菩萨，我想，也许是佛家思想对参透人生更让先生动心："酒能乱性，佛家戒之；酒能养气，仙家饮之。余于无酒时学佛，有酒时学仙。"（《幽窗小记》）先生大约是想永远做一个集醒者吧，有酒无酒心中都有一个佛，那个佛就是大写的"人性"！他养的是深藏不露的浩然之气。

前年看到有记者采访钱先生，最后仍然回到他的饮食上，先生说他最爱吃澳龙，因为价格太贵，不得已求其次，才是三文鱼。这立刻让我回忆起三十多年前的一幕幕生动的场景。先生尚能鱼虾否，这是先生健康的标志。

去年参加全国作家代表大会，早晨一进大餐厅，一眼就认出了那顶夺目的贝雷帽，立刻上前请安，先生仍然一字一顿地突出两个字：丁、帆。精神矍铄、思维清晰的先生让我动容，我们就在餐桌前合影。

先生百岁寿辰，总要献上几句祝福的话，我却仍然想用陈继儒的文句来概括先生百年人生，唯有此，先生才能将自己的生命延续到永远。

“澹泊之守，须从秾艳场中试来；镇定之操，还向纷纭境上勘过。”

因为先生用了一百年的时间试勘了“人学”的风云，今后的白云苍狗早已被先生勘破。

2017 年 7 月 4 日写于仙林大学城依云溪谷

梦话扬州

三十年代初，易君左因一本薄薄的《闲话扬州》而激怒了扬州的各方贤达，招来了一片声讨，临了还吃了一场官司，落得个身败名裂的下场。其实，易君之文并没有多少恶意中伤诽谤扬州人之处，即便说到扬州的妓女之类的陋习，也还冷静客观。只不过当时的扬州贤达们未免有点太小家子气了，以为一俟有了此等卖笑行当，当地人的脸上就无光彩了，殊不知，其时的一个偌大中国，何处毋有此等皮肉买卖，难道我们就不做中国人了吗？易君左在短短的几个月内就游览了扬州各处名胜达数十次之多，其中不乏褒扬之辞，可见他的偏激之中，还是有所钟爱的。后来，曹聚仁先生也写了一篇

《闲话扬州》，而自称为“我是扬州人”的朱自清先生却说，易君左“那本书将扬州说得太坏，曹先生又未免说得太好”。其实，朱自清先生在这篇《说扬州》中，就很冷峻地刻画描写了“却不能再给我们那种美梦”的绿杨城郭，也很不以为然地自嘲了一回扬州人，可能是鉴于朱自清的鼎鼎大名，这回扬州的贤达们却没有再行对簿公堂之举，因为朱先生从来都说“我是扬州人”！

“十年一觉扬州梦”，从七十年代中期到八十年代后期，我客籍扬州十一载，可谓对扬州的人和事有了一个较为全面而又深刻的认识，虽不能说是如数家珍、论道精辟，却也能客观中肯地描述一二。

扬州人生性平和，喜欢整天生活在节奏缓慢的日子消磨之中，所谓早上皮包水，晚上水包皮，便是扬州生活的最妙象征和真实写照。追溯这种遗风，大约唐以后作为一个发达的商埠，它的消费特征就决定了它的“休闲”色彩。你想，倘若一大清早就提着个鸟笼踱步到茶馆，泡上一壶酽酽的碧螺春，悠悠地品尝着淮扬细点，就着茶客们的话题海阔天空地一聊，这就到了吃午饭的时刻了。吃完午饭，随即往澡堂里一拱，在锅池笼屉上一躺，蒙蒙眬眬地吼上一嗓子京腔扬调，在渐渐远去低徊气若游丝的呼噜鼾声中，走进了温柔乡里。一觉醒来，早已是夕阳西下，赶紧喊人擦背，而后在大池里泡上一刻钟，便浑身冒着大气走进卧厅，躺在睡铺上，几条热毛巾把一抹，便呼来按摩修脚的服务员。好一阵噼啪山响的揉搓捏拿，好一通精雕细刻的修饰，直搞得你浑身酥软，欲仙欲死。待穿好衣裳，打道回府，早已过了晚饭时分。这就是一个扬州遗老的一天。除此而外，你还指望他能做些什么正事吗？

我认为，天底下绝顶聪明的人和极有才气的人，扬州可占一小半，像“扬州八怪”那样标新立异的骚人墨客，历代不乏其人，然其有所大成者，有所王气、霸气者，却寥若晨星。究其原因，不能不说是扬州那娇小玲珑的文化格局限制了人的思维发散。所谓仁者乐山，智者乐水。扬州有的是水，却就没有一座大山，所谓瘦西湖里的小金山、平山堂前的观音山，左不过是两抔黄土罢了。缺少大气、王气、霸气，缺少一飞冲天的浩气。致使那些困惑在扬州城郭内的饱学之士们无才可展，无计可施。我常想，倘若鉴真不出使，假如秦少游、郑板桥、刘师培、丁文江、梅兰芳、朱自清等历代名人不走出扬州这方小小的“围城”，则是断断不会有所大成就的。本世纪以来，扬州更是因为没有铁路运输而被时代所遗弃，想到朱自清的名篇散文《背影》，便以为，如果扬州有铁路的话，也不至于让“父亲”们遭此肉体与精神的磨难。这些年，尽管扬州城郭有了翻天覆地的变化，旧日的容颜再难寻觅，但呼声十年的铁路和机场，却似遥遥无期的千年等待那样难熬。

我曾蛰居在扬州梅花岭下十余载，每天行走的那条路就叫史可法路，想起著名戏剧家田汉曾在《梅花岭访史可法墓》一诗中写道：“江潮如吼打孤城，百世犹闻杀敌声。”到底不愧是“居安思危”的《国歌》作者，然而，扬州的普通市民又有多少人能记住这位梅花岭下衣冠冢中的灵魂巨子呢？郁达夫站在史可法的墓前吟道：“三百年来土一丘，史公遗爱满扬州。二分明月千行泪，并作梅花岭下秋。”其实，史公遗爱谁能记取呢？郁达夫本人游历扬州，就是抱着一种缠绵的古典意绪而来的，他在著名的散文《扬州旧梦寄语堂》中说：“扬州两字，在声调上，在历史意义上，真是如何的艳丽，如何能够使人魂销而魄荡！”“看看斜阳衰草，残柳芦苇，哼出来的莫名其妙的山歌。”扬州的精魂在何处？它在世人的眼中永远是一个充满着古典诗意的所在，它永远是郁达夫笔下的悠远古意："箫声远渡江淮去，吹到扬州廿四桥。"扬州仅仅是二分明月的阴柔城池吗？那充满着阳刚气息的太阳就不普照这座"月亮城"吗？踱步梅花岭，我苦苦地在史可法的荒冢边寻觅着那被遗失掉了的扬州人的精魂气魄，或许它是重新点燃未来之炬的一簇圣火。穿越高楼大厦，我也企盼着铁路的血脉流经这绿杨城郭，使她不再贫血，用更为宽广博大的胸怀去拥抱世界；我更热望着一飞冲天的"空中客车"盘桓于这淮左名都之上，使扬州人不再为无山登高而发出千古惆怅。

因为我也算得上半个扬州人。

1996年岁末写于紫金山下

刊于《美文》1997年第五期

《闲话扬州》的闲话

三十年代的文坛曾经发生了一场震惊全国的“学案”，这就是被称作“龙阳才子”的易君左写了一本《闲话扬州》的小书，而引起了一场官司，扬州的各方贤达组成了“扬州究易团”，不仅对易君左进行了声讨，而且官司一直打到省法院。就因为易君左在书中写了扬州的妓女，扬州人就以“龙阳余孽”污蔑扬州和扬州人为由，对其进行了鞭挞。到头来易君左在强大的地方势力压迫下，不得不登报致歉并离任了江苏省教育厅编审室主任之职。

如今，此事已经过去六十多年，但凡那些七十岁以下的，很少有人知晓此事，即使知其一二，亦不过道听途说而已。二十多年来，我一直寻觅此书，终究未果，而新近朋友找来由扬州古籍书店经销、黄山书社 1993 年 3 月出版发行的《闲话扬州》一书，真是大喜过望，一口气读完全书，便感觉到文化教育欠缺所产生的文化语境的错位，实乃民族的悲哀。有些话如骨鲠在喉，不吐不快。

我并非扬州人，但我客居扬州十四年，将青春的时光全部都消磨于斯，扬州在我的一生中占有很大的比重。读了易君左的《闲话扬州》，我并不以为它有何“丑化扬州风土人情，侮辱扬州人人格”之处。正如鲁迅先生写了《阿 Q 正传》，我们不能认为鲁迅先生就亵渎了中华文化，污蔑了中国人的人格一样，这种文化上的引喻和比附完全是一种风马牛式的战斗精神。倘若不是地方文化保护主义作祟，那么就完全是一种闭关自守式的文化盲动行为。在这本小书中，所引起争议的，无非是易君左以一个“外乡人”（湖南人），一个文人的视角审视了扬州的风土人情以及人文环境，其中《扬州人的生活》最为“犯忌”。原因就在于易君左说了“全国的妓女好像是由扬州包办的，实则扬州的娼妓也未见得比旁的地方高明”之类的“闲话”，此乃一性情文人率性之言，大可不必当真。然而考察全书，若没有了这些“闲话”，此书不就变成了

“扬州风物志”之类的技术性读物了吗？而删除了“闲话”，作为散文小品，其个体的人文情怀又着落于何处呢？

毋庸说满目疮痍的旧中国，即便是世纪末的今天，指责某地娼妓文化行为的文章亦比比皆是。作为一个文人，他在文章中完成的自我的文化批判定位以及民粹意识的社会自省，应该是无可指责的。他对“精神萎靡，烟容满面，放鸽看戏，随处小便”的某些扬州人陋习的概括，应看作是对整个民族文化心理的一个缩影的自嘲；他对“满眼土地庙，垃圾成堆，污水横流”的“乌烟瘴气”的扬州人文环境作出的批评，应看作是对整个中华文化背景的反省。即便是对某地的人文精神的环境作出实指性的文化批判，亦是无可指责的，何况我们决不应该将作者的文化批判角度硬行拉入道德评判的范畴。退一万步来说，即便易君左的观点是完全错误的，但他也有表述自己观点的自由，我可以不同意你的观点，但我坚决维护你说话的权利。

我们不能用“遗老遗少”这个词形容当时参与“扬州究易团”的各方贤达，但我以为这个“闹剧”的成因却是由于文化错位而引发的。而文化错位，则又是因为当时文化教育的闭塞而决定的。

作为历史名城的扬州，自有她的文化魅力，而其一方城池的文化保守劣根性亦是显而易见的，不是易君左一部小小的《闲话扬州》所能概括的。郁达夫、朱自清这样的大文人同样也在自己的散文中对扬州的人文环境和人文精神颇有微辞。作为这块古老的土地的历史见证人——知识分子，应在这历史文化的钩沉中，找到其今天的文化脉络和未来的正确走向。只有其完善一种文化的批判功能（哲学层面上的），才能完善知识分子自我，才能完善启蒙大众的教育职责。尽管如今这种“布道者”的形象被抹上了白粉。只有完善国民文化素养的提升与开放，最终才能完善文化城池的净化。

作为闲话的闲话，我想，这样的闲话不至于再惹出什么新的“闲话”来吧。

1996 年 5 月

后收入《枕石观云》，经济日报出版社，

2002 年 5 月出版

温州二度行

搜寻二十九年前的记忆仓库，眼前闪现的是一棵棵盘根错节、昂首挺拔的巨大古树，“民主十九号”停泊在狭窄的码头上。一出码头，便出现了一幅令人尴尬窘迫的画面：在一只巨大的圆木桶边上，围坐着一圈男女，他们正有说有笑地聊着天，在晚霞余晖的映照下，显得宁静而安详，自然而大方。好一幅民情风俗画卷，只可惜少年时代的我只有羞赧而已。

秋风乍起，落木萧萧，苍黄的天穹下，偶有几只鸥鸟盘桓在瓯江边，走在铺满块石和条石的蜿蜒逶迤的小路上，沿街满地排着叫卖柑橘的小贩，一问价，才知只八分钱一斤，于是买了一书包，边走边吃。望着街上的行人拎着一串串三寸多宽的硕大带鱼，便惊奇不已。路边的小吃店倒是很冷清，店内星散地坐着几个吃酒的顾客，他们就着牡蛎慢悠悠地喝着劣质的白酒，耗着时光。一进店堂，挂着“为人民服务”和毛主席像章的店家就问我们吃不吃瓦楞蚶，我们正不置可否，旁边一位喝酒的老兄便插进来，用温州普通话解释这海蛎的几种不同叫法：一曰毛蚶，二曰血蚶，又曰瓦楞蚶，其营养价值极高。于是，每人花了两毛钱买了一大碗在开水锅里烫了一下的血蚶大嗜起来，初尝，其腥无比；再尝，鲜腥杂糅；又尝，美味即出。虽有茹毛饮血之感，但终究抵挡不住饕餮美味的诱惑。谁知当天夜里就上吐下泻起来了，害得武汉大学的一位红卫兵战士将我连夜背到温州医学院的附属医院，吊了一夜点滴才算止住，可见当年的红卫兵亦非个个都是狰狞之人。次日转道金华。

这是 1966 年大串联时的情景。

今年 4 月，与《大学语文》编写组的一行同人再赴温州，时隔近三十年，可谓感触良多。轮船码头倒没什么大变样，那几棵参天的大古树仍旧郁郁葱葱，生机勃勃，但是，那一条条铺满青石的小街却荡然无存，那可供十多人同行“恭事”的充满了风俗民情的硕大无朋的木马桶亦如杳然黄鹤，更不必说街边那传出贩夫走卒和引车卖浆之流吆喝声的一个个小吃店，早已是无处寻觅了，就连沿街叫卖的小贩也泥牛入海，了无声息了。鳞次栉比的新大楼和整齐的街道将这个昔日充满着南国乡土风韵的小城装扮成一个暴发的商业都市，满街跑着进口的小轿车，满眼都是豪华的商场和餐厅，过往的行人都是一副商业嘴脸，行色匆匆，讨价还价。走进一家颇具规模的餐厅，一家在当地算是穷困的教育单位做东，也居然能上几十道海鲜大餐，而昔日两毛钱一大碗的毛蚶，如今也变成了稀罕的珍馐佳肴，一盘竟要价上百元。啊！别了，流逝的往日；啊！别了，昔日的风采。我生吞活剥了十多只毛蚶，竟吃不出什么味道来。

一位著名作家曾经说过，回忆是有毒的。我深知怀旧的情感是落伍的，但我不能自已，不能抹去那幅永久留存在脑海中的风俗画映像。时代在巨变，物质生活变得更加丰裕，可文化的风韵却也丧失殆尽，使得我们这些善于回忆的冬烘先生痛心疾首，难以消受。

果然，回到这六朝古都世风难变的金粉之地，竟真的大病了一场，且是造血功能的障碍——急性肝炎。

1995 年 6 月

后收入《夕阳帆影》，知识出版社，2001 年 5 月出版

寄畅园

四百八十多年前当和煦的古典阳光照亮了这座刚刚竣工的江南名园时，那个历经孝宗、武宗和世宗三朝，官至兵部尚书、太子太保的建园总设计师秦金做梦也没有想到在他身后此园所经历的诸多劫难与坎坷。

那日，风和日丽，我们一行人来到无锡的“寄畅园”信马由缰地闲逛，最后落座在“先月榭”，喝着明前的雪芽，天南海北地闲聊。一群文人不谈创作，也不谈国事家事，有一搭没一搭地神侃。凝望一潭春水，不禁对此园在历朝历代的命运顿生慨叹。

中国古代的私家园林甚多，远的不说，苏州那么多数不胜数大大小小的园林，诸如“拙政园”、“网师园”、“留园”等名园声名似乎更高，原先也都是达官贵人的私家园林。南京的总统府当时是短命的天京王朝皇帝洪秀全的私家园林“煦园”，而那个居然敢凌驾于“天王”之上的“东王”杨秀清的私宅则是乾隆爷题名的“天下第一园”的“瞻园”。就连扬州的“个园”与“何园”也都是达官巨贾们的私家园林。然而，1949年以后哪个园林不是人民的公园呢？天下为公，世事无常，沧海桑田，如今，园林作为财产已然不会是私有的了，但是作为一种园林美学的呈现，它却是流芳千秋的。

过去到无锡，只叹“包孕吴越”的太湖之美，只知因阿炳的二胡乐曲《二泉映月》而闻名天下的第二泉，只啖“陆稿荐”和“三枫桥”的酱排骨，即便到了惠山镇，也就只知其泥人的出名，当然也知道有个叫作“寄畅园”的小小园林，但恐怕“走过错过”的机会更多，仅此而已。此次因为吃茶聊天而勾留“寄畅园”，便仔细端详，却品出了另一番的滋味。

作为一个私家园林，占地十五亩，这在古代不算奢华，亦只能说是适中，也许，百亩以上的才能算得上豪华的大庄园吧。当然，当代谁也不可能占有如此空间的私家园林了，那些豪华的大庄园多半在1949年以后变成了各地的国宾馆，即便是像毛泽东这样的中央领导人也都是好些人“挤”在“中南海”里，皇家园林是我们无产阶级革命家不可独占的领地，哈哈，此乃无产阶级与封建阶级、资产阶级之区别也。但是在土地资源十分充裕而人口又十分稀薄的封建农耕文明时代，只要拥有银两，你就可以任性恣肆地去造园，姓“私”而不姓“公”。这不，“寄畅园”自明中期建成后就姓秦，还将自家的先人秦观的牌位从苏北高邮请了回来，就叫“秦园”，亦如扬州的“何园”就是姓何一样。至于后来屡次更名，都因政治文化之故。

万历十九年（1591），“秦园”的继承人秦燿在右副都御史、湖广巡抚任上因受座师张居正案株连，以及“匿库银”罪而被解职，次年获释后回到家乡无锡。我想，一个在政治仕途上已经走到尽头，且还背着一个贪官罪名的五十岁知天命的落难士子，只能选择寄情山水的人生残梦吧。于是重新开工修葺这座山麓别墅园林，成为他人生艺术的绝唱。你想想，构筑二十景，是需要耗费多少精力与财力啊，他逐景赋诗，不过是想忘却庙堂之耻辱，用山林江湖之美销蚀胸中之块垒。所谓“寄畅园”的更名，借王羲之“寄畅山水荫”，实乃以自然美遮蔽精神之痛的一剂药方而已，真可谓：仕途毕，一园成。这分明就是仕途不幸艺术幸的典范之作，倘若没有秦燿仕途的坎坷，乃至断绝，何有“寄畅园”园林艺术的春天？然而，真能如俄国作家陀思妥耶夫斯基所言“美能拯救世界”吗？恐怕这就是一种文人浪漫主义式的遐想吧。

至清季，“寄畅园”迎来了一个盛世中酷爱艺术的康熙、乾隆两帝，他们巡游江南时必幸“寄畅园”。也许就是因为此园小巧玲珑、山水城林、移步换景、错落有致的独特格局引起了王公贵族的嫉妒，所以才有了雍正初年被没收入官的悲惨下场，所谓“普天之下莫非王土”，收你一个小小的园子还不是理所当然之事。而乾隆爷就比较开明，非但将园子发还秦家，而且让随行的画师临摹“寄畅园”图，返京后即在清漪园万寿山东北麓仿建了一座“惠山园”，即今颐和园中的“谐趣园”，虽然名字俗了一些，但也可见帝心之一斑。爱艺术的皇帝爷就是不一样，他是通人性、懂文化的，所以，秦家人忙不迭地修祠堂，筑大堂，用皇帝的御书做挡箭牌，就是预防园子再被皇家没收，拿去做个“行宫”什么的，岂不更惨。秦家人知道“惟是园亭究属游观之地，必须建立家祠，始可永垂不朽”。他们以为此举就可以世世代代将此园打上秦家的印记，殊不知，姓公姓私是由不得你秦家说了算的，历史的驿站尚有好戏在等着你的后人们呢。

江南一带的明清古迹历经兵燹者甚多，尤其是太平军所到之处，破坏性极大，私家园林的损毁更是惨不忍睹，毋庸说南京与苏州园林遭受荼毒，即便是无锡也难幸免。1860 年太平军攻陷无锡，一把火几乎烧尽了“寄畅园”的亭台楼阁，直到光绪年间和民国初年才开始重建，但是又逢 1925 年的军阀混战和 1937 年 8 月的日机轰炸，这个始终逃脱不了战火兵燹命运的园林度过了几百年的沧桑，终于迎来了又一次变私为公的历史宿命。

1952 年在“公私合营”的锣鼓声中，秦家人将“寄畅园”献给了国家，我们现在无从考证当时秦氏家族人们的真实心境，不过，想必在那种轰轰烈烈的政治运动中，我相信秦家的任何掌门人都只会做出唯一的选择。退一万步想，即便是这十五亩园子亭台楼阁的维护费用，在 1949 年以后谁能支付得起呢？还是公有化才能拯救园林，唯有公家才可有资金大兴土木，重新修建“寄畅园”，让它回到人民的怀抱，让无产阶级的平民老百姓都能够享受到这园林之美。这本是一件天经地义的好事，如果我们一味地强调私有财产神圣不可侵犯，就会违背了一个古已有之的普世真理。一方面是作为私家花园法理上的归属，一方面是艺术之美普惠世界之公理，我们往往会陷入人性的悖论与怪圈之中难以自拔。

我们吃茶聊天之处的“先月榭”原本就是秦家称作“河亭”的地方，像这样的去处必然都是文人雅士幸临之地，当年秦燿有题诗曰：“斜阳坠西岭，芳榭先得月；流连玩清景，忘言坐来夕。”这诗不怎么样，几近打油，可见秦家官虽做得甚大，诗文却不闻名。现有今人冯其庸题字并跋的墨迹，也就有了对当下的文化艺术浮想联翩的意思，我这里却有了“妄议坐来夕”的味道了。

如今是商业文化的时代，各地的旅游景点都会尽一切可能将历代名人在此的过往交集纳入其中，无论间接还是直接，无意还是有意，统统收入囊中。还好，“寄畅园”中的“卧云堂”却是有真实来头的，否则就会大扫游兴。最早是康熙爷题款的“山色溪光”，所以有“御碑厅”为证，此处又是康乾两帝的接驾处，所以也就有了曹雪芹祖父曹寅的题诗《惠山题壁》：“合抱枫香老桂枝，卧云堂上旧题诗。兹身久分无丘壑，可慕秦家濯足池。”联想起“先月榭”为《红楼梦》研究专家所题，再加上修园者也想将此园隐晦地类比

“大观园”罢，此诗便凸显了它的地位。然而，此诗虽比打油诗好，但是比起他的孙子、孙女、孙媳妇那一辈来，显然诗意和美丽就差了一些。不过，能够在此濯足也不失为文人的一桩雅事，这里的用词千万不可以“洗脚”言之，那是一种对美好艺术的亵渎，尽管鲁迅先生也用此词进行“指代”，这个，你懂的。

那日，一帮偷闲的文人聊了一上午，聊的什么内容我一点都想不起来了，倒只有“寄畅园”的私密史使我不能忘怀，园林背后的故事才是我的兴趣所在。

2015 年 11 月 8 日修改于南京仙林大学城依云溪谷

刊于《现代快报》2015 年 12 月 21 日

观街景

八十年代以后，我就很少上街，除了到农贸市场去买买菜外，即使是必须上街，也是匆匆滑店而过，直奔购物的主题，似乎没有闲适的心情来细心品尝逛街的人生况味，生活中仿佛缺少了一种富有色彩的人生体验。其实，多半缘故就是害怕那一副副冷若冰霜、趾高气扬的营业员可憎面孔。

前些日子，在大病了一场以后，我有一种重生的感觉，在一股强烈的欲望驱使下，我想重返大自然，重返都市人流，游牧一下这地上人间街市的人文景观。从久卧了三四个月的病榻上走向蓝天白云下的长街，在恍如隔世的“天街”上彳亍漫步，真正感到了生存的美好。我信步由缰地走进一家家鳞次栉比的商场，惊讶于被改造过的店堂如此灿烂辉煌；惊讶于被修饰装点过的小姐们如此笑容可掬；更惊讶于商场的自选率愈来愈高。这一切仿佛使人感到进入了一个和谐的物质极度丰富的共产主义境界，虽然我明明知道这完全是那个物化了的精神动力在起杠杆作用，但我依然觉得这肤浅的笑颜和虚浮的自由总比深刻的怒目和真切的困囚好上千百倍。人对生的眷恋，恐怕首先是那些精神愉悦的追寻。物质第一性、精神第二性的真理固然不错，但是在跋涉了人生的艰难困苦之后，你就不会在乎物质上的浮华了。

沿街漫步，可看的景色颇多：鼓楼地下隧道缓解了如蚁车流的蠕动；新街口广场去掉了繁冗的庸俗饰物，简洁明快的造型给这座城市的市中心平添了几多大气；尽管南京的诸多天桥太缺少“金陵王气”，可总比过去更为小器的建筑物有些现代魅力。

记得八十年代初建造金陵饭店时，市民们都莫名惊诧，为全国第一而自豪了多年，如今六朝古都到处大厦林立，人们甚至要逃避这高楼给人带来的阴影和心灵压抑。

尽管六朝金粉之地的自然与人文景观融合得绝妙的去

处更能引起金陵人的深刻眷恋，然而，在人的两重性的驱使下，人们又不得不放弃小桥流水给旧巢陈屋带来的物质上的匮乏，去追求生活和感官上的享受与刺激，这时的精神浪漫又是绝对无用的。在平坦如砥的大道上行驶，你可以看到南京的街道一夜之间就变得宽阔无垠了，尽管是借“三城会”的东风，尽管杀戮了几多蒋委员长栽培的巨大梧桐树，破坏了昔日首都大道和中央大道绿树成荫的景观，但毕竟使金陵的马路有了些大都市的风采。新建的环城公路倒是比较宽敞，但设想下一世纪轿车工业飞速发展，这样的公路能适应吗？当你坐车在金陵城周游时，你会发现，南京的小区星罗棋布，不可不谓宏伟壮观。然而，仔细一想，倘若一个现代大都市不分商业区、住宅区、文化区、工业区等城市区分，可能不一定符合世界大都会发展的趋势罢。

走在金陵的街市上，我仿佛有隔世之感。六朝金粉的小桥流水不再，桨声灯影的风俗民情安存？尽管时代洗刷荡涤着历史的陈迹，给旧都带来了巨大的物质压迫，但人类的物质文明毕竟如一江春水不可遏止地向前发展。怀念古典和向往未来，既是人的缺点又是人的优点。

当我又一次从死亡线上走出来，回到这实实在在的街市上的时候，我又一次感觉到生命的存在，由衷地感到了观街景的人生况味！

1995年大病之后完稿

后收入《夕阳帆影》，

知识出版社，2001年5月出版

河上的风景

中山码头赴宝应的小火轮鸣起了长笛，霎时，岸上与舱内唏嘘一片，甚至出现了跳脚号啕。我们几个懵懵懂懂的六七届初中生相视掩嘴一笑，便都默默遥望着那渐渐远去的江岸。大家虽然相约绝不要家长来送，但船一离岸就好像少了依靠，心里总有些茫然。这虎踞龙蟠的石头城毕竟养育我们十多年，她埋藏了我们贫困而如诗的童年和动荡而亢奋的“少年革命”时代。一切将如烟逝去。当想到我们不再是一个南京人时，不由得一丝悲哀油然而生，但是很快就被奔赴江湖的那股“广阔天地，大有作为”的豪气所淹没。这恐怕是那个年代许多幼稚青少年在“生不逢时”的遗憾中，企图去寻觅英雄和理想以及开创自己事业第一步的唯一奢望。

如今从南京到苏北宝应汽车行驶也就四五个小时，而那时的小火轮却居然要沿着京杭大运河走上个两天一夜。起先，船舱里还洋溢着昂扬的革命歌曲，渐渐地在长途的劳顿和困乏中，人们哼起了《山楂树》《红莓花儿开》《三套车》《莫斯科郊外的晚上》等“黄色歌曲”，顿时船舱里氤氲着一片低迷哀婉的氛围。那时，我无法形容自己的内心，十六岁的心田里第一次流淌着那无边的惆怅，人生的旅途刚刚启程就染上了浓重的阴霾。我真想出去透口气。

偷偷地爬出舱门，倚在船舷，望着那昏沉的落日慢慢下沉，我长长地舒了口气。谁说少年不知愁滋味，踏上征程的人总要为自己的前途担忧。河水滔滔，在落日余晖的映照下，发出粼粼的波光，但此时此刻绝无“长河落日圆”的那种悲壮感，有的则是“无为在歧路，儿女共沾襟”的悲切。忽地，从船舱里飘来了《江河水》的二胡独奏曲，那如泣如诉的悲怆旋律如数九寒天的冰雪彻人肌肤、冰人心骨。一刹那间，我被那民族器乐的旋律所震撼，第一次被音乐的魅力所征服所感动的少年，面对着汩汩流淌的大运河，潸然泪下。当我后来读到“江州司马青衫湿”之句时，就立刻能够领悟到白居易为琵琶女所恸的那种心境。低徊缱绻的大运河水伴着那二胡的哀婉悲情牢牢地嵌入一个十六岁少年的心扉，那落日的惨淡和旋律的悲切永远定格在十六岁的思绪之中，就在那一瞬间，少年第一次领悟到了成熟。这种沧桑感的获得，几乎使我惊异自己思想的突然长大，望着那随流漂逝的十六岁年华，虽没有“挥斥方遒”的意气，却充满着成熟的信念。感谢这首《江河水》触发了我的思想发育，使我第一次懂得了人生的艰辛。

当我回到船舱从手提包里翻拣出那本从父亲单位图书馆里偷出来的“禁书”《牛虻》，就着昏黄的船灯潜心阅读时，我的心灵被震撼了。我们这些生在新社会、长在红旗下的一代人，一直在英雄主义的熏陶教育下成长，一圈圈英雄光环的笼罩，使我们恨不能有效死疆场的机缘，所有的青春或准青春的精力都消耗在“文化大革命”的烟云之中，以至于失却了衡量英雄本质的道德标准。当我们走向“广阔天地”时，那战斗英雄的光环逐渐剥落，寻找生活中的英雄强者，寻找一个真正的生活英雄和爱情英雄，逐渐成为知识青年重新确立生活信念的追求。有人重新找回了保尔·柯察金，但更多的人是找到了生活中的冬妮亚。

已是子夜，船舱里是一片鼾声。当我读到亚瑟给琼玛的那封信时，直到近三十年后的今天我仍能清晰地背诵某些精彩段落：“亲爱的琼：明天早晨太阳升起的时候，我就要被枪决。……话已说完，别了，亲爱的。”还有那首没有署名的小诗：“无论我活着，/或者是死亡，/我永远都是，/快乐的牛虻。”也是从这里，我才第一次深味到人生的深刻与人格的魅力，也就是从牛虻的身上第一次感到了咀嚼苦难的人生气魄和伏尼契讴歌人生苦难时的那份道德的庄严和瑰丽。也正是从这里，一个十六岁的少年第一次走进了爱情的伊甸园，他带着十二分的热烈和崇拜，去呵护体察亚瑟那颗坚贞不渝的爱情之心，它使我一生都生活在那种永远的爱情乌托邦之中。我甚至以为蒙泰尼里的死与牛虻的事业和爱情相比是微不足道的，尽管这位红衣大主教的忏悔也是动人心魄的；我甚至也以为琼玛的忏悔与牛虻的坚贞不屈相比，显得是那样的苍白和黯淡，他（她）们恰恰映照出了一个真正英雄的伟岸灵魂。

半倚在座位上，我毫无倦意，望着窗舷外黑魆魆的无边苍穹。我在想，明天，不，今天，太阳会从东方升起吗？尽管三百六十五天天天早晨都有《东方红》的歌声相伴，但那颗人类的光明使者今天还会照耀在我十六岁半的生日上吗？

在这渐渐远离古都的小火轮上，音乐和小说翻开了一个十六岁半少年的人生大书。

收入《夕阳帆影》，
知识出版社，2001 年 5 月出版

夜行客

我插队的宝应县看上去是苏北的一个小县、穷县，当时俗称苏北的“锅底洼”，是水网地区受涝的重灾区，加上1959年以后的三年困难时期，宝应又成为全国著名的饿死人最多的重灾区之一，所以许多知青都说它是“鬼不生蛋的地方”。然而正是这样艰苦的地方才是知识青年施展才能的“用武之地”。可是我以为当时的知青之所以云集宝应（据说知青最多时达上万之众），多多少少都是带着浪漫的情愫而来的。因为电影《柳堡的故事》中风车、稻田、菜畦、鸭群、荷花、白云、苍狗、少女、白帆、远影、蓝天、黄地、绿野、碧波……所构成的田园牧歌风景，像一首首如歌如诉的诗篇召唤着那一颗颗在都市里游荡的心灵，或许浪漫的“柳堡”才是青年人心灵放牧的最后栖居地，乃至于许多知青潮涌般地往柳堡靠。其实，当时的柳堡公社很少安排南京知青，因为那里的条件实在不足以负担这许多知青的吃喝拉撒，太穷太涝也许是最根本的原因。因此，县委就将大量的知青安排在柳堡周边的夏集、氾水、子婴河、沿河等公社，它们既和柳堡相近，又和汪曾祺的老家高邮县的界首镇比邻。我原先就是赶往夏集的，因为那里有我的几位同学，他们先于我首批抵达那里，但我们的小轮船却没有停靠那里，负责运送知青的干部径直告之我们：那里人已太多，你们只能到沿河公社，这沿河公社的条件要比那里好得多，而且离县城只有十里路，公社所在地也叫刘堡，不过只是此“刘”非彼“柳”而已。事已至此，也就只能如此了。于是，负责干部念了一段“既来之，则安之……”的毛主席语录，我们就乖乖地来到了这个不是电影里的柳堡安家落户了。

其实，这宝应县却是个有着两千多年历史的县境，秦时名为“东阳县”，属东海郡。汉时为东阳、平安、射阳三县地，先后属临淮、广陵郡，所以名称“平安”“安宜”。据县志载，隋炀帝几次途经此地，都留下足迹；更不必说乾隆皇帝的御缆在此勾留过多少次了。唐宝应元年（762）县境获“定国之宝”，皇帝诏书，将安宜定为宝应，一直沿袭至今。说实话，如果不是天灾人祸，宝应县确实是个“鱼米之乡”，它的水资源相当丰富，水域面积近五百平方公里，达一点五亿立方米，而耕地也有近一百万亩。在那里，你可以看到一望无际的芦苇荡，尤其是秋后，金黄色的芦苇和雪白的芦花在朝霞或夕阳的映照下的那幅壮观而美丽的图景，是各种电影镜头的表现手段都无法完美体现出来的。你亦可看到诸如《洪湖赤卫队》里那一片无垠的莲荷景观和稻田里金浪翻滚的壮丽。可是，六十年代末的宝应农民则是贫穷的。一般说来，每个工分值（十分工）也就二三角钱，而一个壮劳力除了在大忙季节可以得到十分工，农闲时也就记七八分工，也就是说，每个强劳力每天苦下来只能有一角多钱，只够一包最次的“大铁桥”香烟（一角三分一包）。在我后来插队的水荡地区，最差的生产队每个工分值只有三分八厘，可想而知，农民几乎每天都在白忙。当时严重阻碍生产力发展的政策和路线把农民捆死了。一切副业都被当作“割资本主义尾巴”而遭到禁止，后来我插队的那个生产队的一口鱼塘，宁可荒着也不养鱼。每家只许养两到三只鸡，社员们每天点灯的煤油，每月吃的盐、酱（买不起酱油）、火柴、肥皂等生活必需品都得从鸡屁眼里来抠。

记得那天进队的时候，场面还十分壮观。入夜，在公社大会堂里，县里负责知青工作的张大姐逐个报出我们新组成的“家庭成员”，然后又报出所安排的大队和生产队。近千人的名单报毕，只见公社大院里里外外喧嚣一片，有知青扛着背包在找“娘家”的，也有生产队干部拿着扁担绳络在找自己“学生娃”的，我们被一位五十岁左右，个子不高，脸上却布满了如罗中立的油画《父亲》那样深刻皱纹，并镶了两颗金门牙的老生产队长带走。他很和蔼，也很义气，关照手下的一批青壮年帮我们作挑夫。一切收拾停当，我们便开始上路。

已是半夜时分，没有亮月（当地人称月亮为亮月），只见一路蜿蜒的手电闪光摇曳着，不由得想起了初中课本里学过的那篇《翻过夹金山》的课文，只不过火把换成了手电。想想也是，这两千号人马一出公社大门就各奔东西，远远看去，那游移的灯光煞是壮观，我们亦确实感到了一种奔赴疆场的激动。

一路上，我们不停地问老队长和挑行李的社员还有多远了，他们一会回答还有二三里路，一会回答还有七八里，一会说还有四五里，把我们弄得晕头转向。不过路还好走，沿着大堆（即大堤）直走，终于到了一个该过河的村落。过独木桥时，有一个年轻社员歇下脚来说：“大爹爹，我挑的这副行李太重，大概有两百斤哩，今夜要给我多加两分工！”老队长答道：“你胡大咧说，年轻人多吃一点苦就喊冤，能有多重？”年轻人仍然叽咕着，我们在黑暗中窃笑着，这分明是杠铃、哑铃藏在行李中，哪有不沉的呢？好在大刘很有社会经验，不停地给社员们敬烟，立时就缓解了气氛。担子压在肩上确实不轻，走在独木桥中间，压得桥板都发出吱呀吱呀的声响，我们打着手电，小心翼翼地过桥。桥离水面的净高大约一丈多，由三块大跳板组合而成，桥宽只有一尺多，当时的木料相当紧张，偷桥板的事是经常发生的，生产队有这样一座桥也就很不简单了。说实话，上坡和下坡这两端的跳板虽长，但还不怎么令人恐惧，而中间一段在河心，离水面也最高，尤其是走到中间时桥板还有些弹性，这就使人的平衡信心受到了考验。我总算平安走过，走过去后就十二分夸张地渲染其恐怖气氛，终于吓得小李不敢过桥，结果还是老队长命令一个壮劳力将他背过了桥。小李出的洋相使我们捧腹了一夜。第二天一打听，有许多女知青都是一一被背过桥的，当然其中也不乏一些诸如小李这样胆小的男知青。这些胆小的男女知青第一次自己过桥，几乎大多数都是爬过去的，当他（她）们第一次能挺起腰杆走过桥的时候，严冬也就降临了。

老队长把我们带到了副队长家里，临时把我们安排在他家西厢房住，副队长三十几岁，人很显老，也是两颗大金牙，他早已烧好了“夜顿子”（夜餐）：一脸盆茨菰烧肉、一锅青菜豆腐汤、一锅大米饭，一行人稀里哗啦地扫光了夜餐，各自回家。老队长直等将我们的地铺弄好才回去。

刚刚躺下，鸡已叫头遍了，我们兴奋得睡不着，直聊到东方发白才昏昏睡去。

这是我们临时的家吗？但我们丝毫没有“到家”的感觉，心头却掠过了一首唐人的千古绝句“鸡声茅店月，人迹板桥霜”。窗外没有月亮，我们临时栖居的茅屋却恍惚真有住店的感觉，刚才所过之独木板桥，肯定留下了我们的“人迹”，这是五个外乡人的足迹吗？

收入《夕阳帆影》，

知识出版社，2001 年 5 月出版

湖荡风景

插队一年后，县里管知青的张大姐将我们从知青密集的沿河公社转往水荡地区的下舍公社，以满足我等寻觅清静的需求。

从县城到下舍甸的水路是四十里。天蒙蒙亮，帮船就起锚了，我们坐在中舱的条凳上，静听着运河水叩击船头时发出的啪啪响声，颇有《故乡》里（鲁迅归乡）的感觉。初春的冷风带着阵阵寒意袭来，看着拉帮船的纤夫那身破絮翻飞的棉袄和赤脚裸膝的双腿，以及那弓腰曲背的姿态，仿佛将我们带进了“旧社会”的氛围。这分明是伏尔加河纤夫曲的旋律回荡在耳畔，悠悠的纤绳分明是贫困勒索的象征。尽管河道上白帆点点，芦丛冒出了新绿，却很难使人联想起“春风又绿江南岸”的诗句意境，也俨然与电影《上甘岭》中的主题曲《我的祖国》里所唱的“一条大河波浪宽，风吹稻花香两岸”的情境形成极大的反差。灰暗的苍穹下，萧瑟的寒风吹皱了粼粼的河水，吹弯了新绿的芦苇，吹透了纤夫扭曲的脊骨，更吹凉了一个少年游子的早春之梦。

四十里的水路是漫长的，尤其是坐这人货混装的原始交通工具更觉得时间难熬。那时，连宝应县城里的人都不愿去下舍甸，下舍就是下水，那里全是湖荡，只有水路，没有旱路，就是京剧《沙家浜》里描写的芦荡的情景，但并没有那样的诗意。尽管是鱼米之乡，大鲫鱼、大河虾都是三角钱一斤，黑市大米也绝对不超过三角钱一斤，然而，一个强劳力每天挣十分工（一个工）最高也只不过三四角钱，而水荡工分值最低的生产队十分工只有三分钱，也就是说一个整劳力每天高强度的十小时劳作下来，还不值半个鸡蛋钱（因“割资本主义尾巴”，每家亦只能养两只鸡）。搭帮船的公社干部惊讶我们为何到“下水”来。闲聊中，我们知道下舍甸与曹甸搭界，是著名的“曹甸战役”的外围驻防，当年陈毅部队和韩德勤部作战时死伤将士殊多，曹甸尚有陈毅亲笔书写的革命英雄纪念碑呢。

水迢迢，路迢迢，好不容易挨到中午歇晌，船才走了二十里，到了红卫公社。说是公社所在地，也就是十来间瓦房，一爿商店，一个食堂。上得岸来，我们到小饭店里每人买了半斤米饭（二角钱），两人合吃一菜一汤：一菜是黄芽菜炒肉丝（六角钱），一汤是青菜蛋花汤（三角钱），共花去一元三角钱。觉得还没饱，一人又吃了两根“油扁担”（四根四角钱），这顿午饭总共吃去一元七角钱。回到船上，大家听说后都很咋舌，看着纤夫船工们一碗一碗地喝着菜粥，就连公社干部也只掏出碎米面饼就着开水权作正餐，我们确实感到了羞赧，真的感到了“接受贫下中农再教育，很有必要”的最高指示的英明伟大。“富有是耻辱”的观念深深地植入了我们这一代人的灵魂深处。

船又开拔了，红卫公社的小镇变得愈来愈小，这个一瞬间的停留成为我人生驿站中永远难以抹去的影像。当我四年后再次路过此地来看龙卷风过后的灾难时，那惨不忍睹的景象又使我感到人在自然面前的渺小和脆弱，尤其是当我看到一具嘴里塞着半截山芋含笑而死去的孩童尸体时，我的心灵又一次震颤了。贫穷到极度时，人们的某种奢求往往是可笑的，我们生产队一位老人去世前想吃一碗肥肉，家人买不起猪肉，就打了一条狗，待老人弥留之际，塞入他口中一大块狗肉，老人只嚼了两口，吐了两个字“太瘦”，便抱憾而去。一个含笑，一个抱憾，前者可能尚不知肉滋味，后者是在肥瘦之间作抉择，相比之下，前者似乎更有悲怆感。这些当然都是后话了。

船到下舍甸码头，天已黯黑下来了，公社机关所在地是个四合院，公社管知青的干部让食堂的秃师傅给我们每人下了一大海碗阳春面，秃师傅还特意每碗多挖了一勺猪油，多放了一把蒜花，那顿面条吃得我们满头大汗，也是我吃得最香的一次阳春面。

饭后，公社干部将我们临时安排在一位下乡检查工作的农技员宿舍里过夜。一床棉被，下面铺的就是草席，我们以为垫被给收起来了，只得打开自己的行李，拿出被子铺盖一番。后来到生产队的社员家里一看才恍然大悟，家家床上铺的都是稻草，稻草上面铺一张细芦席，能铺上草席的人家已是凤毛麟角的富户了。

这一夜，我们很难入睡，听着窗外呼啸的北风，嗅着屋内霉湿的气息，望着昏暗灯光下裂开的土坯墙缝。在这一切陌生的氛围里，将会有个什么样的明天在等待着我们呢？

明天，公社管知青的干部会将我们分到一个什么样的生产队去呢？那个地方将是我们永久居留的“家”吗？

朦胧中，破晓的鸡鸣已唱白了板桥霜。

收入《夕阳帆影》，
知识出版社，2001年5月出版

湖景油画

在我一生的赏景经历当中，最使我感动的瞬间，是插队那年秋天进荡砍草时看到的一幅永世不再的自然图景，它像定格在我脑海中的永恒油画画面，终生难忘。

秋天进荡比春夏季进荡更有韵味，那一望无际的芦苇在阳光照耀下，犹如金黄色的绸缎一般绵延起伏。小船贴着湖面向前悠悠地滑行，仰面望去，近在咫尺的芦梢在逆光下，被罩在金黄的光晕中，那茸茸的边缘在秋风的吹拂下来回摆动，像一幅幅美妙生动的剪影在眼前闪过，煞是好看。

登上湖心的土丘，放眼望去，我被眼前突然出现的瞬间景象惊呆了：轮廓分明的天边，一湖秋水在一碧如洗的天穹辉映下，显得更加清澈明净，点点湖帆撒落在广袤无垠的粼粼秋水之中，恰似天际飘来的一页页白素，恐比“孤帆一片日边来”更有宁静淡泊之韵味。天边的早霞尚未褪尽，胭脂红的朵朵游云弋荡在高渺的远空，一行秋雁在无边的苍穹下抒写成“人”字向南飞翔，把自然的天空点染得更富人文色彩，它的鸣叫在辽阔的天空里仿佛是声声召唤，将你融入天水之间的大自然怀抱中；许是阳光折射的特别效果，那绵绵起伏的金黄色的芦苇在一湖碧蓝的秋水映衬下，变得格外生动绚烂，黄与蓝的分界线显得异常明晰，犹如刀刻一般。天际线并不是模糊的水天一色的影像，而是湛蓝与白色的黄金分割。置身于这般自然美景中，我甚至于怀疑这就是传说中的海市蜃楼的复现。我想，大概当初王勃作《滕王阁序》时所看到的景色也绝不比眼前的美景高妙到哪里，只是我不能吟出“落霞与孤鹜齐飞，秋水共长天一色”的千古绝句来罢了。那时十七岁的我，看惯了汪曾祺先生所描写的《沙家浜》里的湖光水色，并不感到他家乡的湖荡有胜于异景之处。然而，亦正是我在无书可读之下，每天抱着唐诗宋词乱啃之时，才可能用内在心灵的眼睛去体察这大自然的况味。

二十多年过去了，我再也没有遇到过那种美丽奇诡的自然景色，即使是游历了风光旖旎的名山大川，也觉得兴味索然。冥冥之中，我总是翻拣出这幅永不褪色的底片来比较许多自然景观，却再也找不到那种令人激动的奇妙视觉来了。或许，一个人的一生遇上一次这样的自然景观与内在视觉高度融合的景象就算是万分幸运的了，我很难用主观或是客观的标准去鉴别它的虚实真伪，只要永恒定格在脑海中，直到我将这幅油画带到另一个世界里去，就足矣。

庄生晓梦迷蝴蝶，我怀疑自己是在乡情湖色的永远睡梦中。

收入《夕阳帆影》，

知识出版社，2001年5月出版

水田风俗画

风吹芦花荡，月照板桥霜。如此的诗情画意很快就被饥寒交迫吹得一干二净，因此，那时看京剧《沙家浜》中的芦苇荡布景，一点也觉不出美来，倒是荡里容易捕捉的鱼虾却是人们的口福。

1969 年初，正是“农业学大寨”风头正劲之时，荡区亦是水田改旱田的风起云涌之际，可农民们决不愿意种水稻交公粮，他们更想保住水田种茨菰，因为水稻只能低价卖给统购统销的国家粮管所，而茨菰却可以以每斤高出水稻近一倍的价格卖到盐城高沟一带。于是，水旱之争成为生产队长与上面讨价还价的永久话题。虽然，水田比旱田难种，但是，宁愿多吃苦，人们亦不愿放弃水田。

早春三月，乍暖还寒，正是茨菰插秧前夕，耕水田当是过完大年后的第一项农活，闲了一冬的懒散农人在上工的钟声催逼下三三两两地往田头蹭。听说要耕水田，我便自告奋勇报名前去，邻居吉老五直向我挤眼，我也毫不理会，队长也就慷慨允之。到了田头，大家却开始磨洋工，有人借机去出恭（大便），有人坐在田埂上抽烟，就是不肯下田。那时我把“二月春风似剪刀”理解成了春风像剪刀一样戳人肌肤，这样的诗意恐怕只有劳作的农人才能理解。我们一群站在风口野地里的耕作者一俟褪去棉裤就感觉到了春风像钝刀割肉一样的痛楚了，有人便怂恿我这“有钱人”到河对岸代销点去打几两瓜干酒来驱寒，酒一到，大伙便抢着一人几口喝个精光，这才脱了棉裤下了水。

所谓水田，牛是不能用的，原因就在牛一下去，整个腿和肚子都陷在泥沼之中不能动弹，亦只能用人去拉犁耕田。

水面上还结着一层薄薄的冰，使人想起冰糖葫芦上那层透明可口的冰糖；一触，便更觉得那玻璃的锋利来。乍一下水，浑身一阵激灵，身上马上起了一层鸡皮疙瘩，人们喊着叫着唱着闹着，试图驱赶那彻人骨髓和心灵的寒气。一直淹没到大腿根的淤泥使人每走一步都很艰难，每抽一次腿就伴着呼噜一声响。前面四个人面朝黑泥背朝天，后面一个扶犁者双手执犁把（因为吃水吃泥太深，难以把握深浅），我们仿佛回到了原始的农耕时代。人们的腿上都渗出了细细的血丝，渐渐地，随着劳动强度的增加，寒意全无。起初，执犁者还不断用村言俚语调侃大家，高声用吆牛的口令和谩骂来引起大家的兴奋，嬉闹一番。到后来，谁都不说话了。你想，人耕田消耗的体力是可想而知的，加上这也是一个技术活，因为只要一个人迈错腿，就会打破用力的均衡节奏，节奏一破坏，田就无法耕，所以这是一个提倡团队精神的农活。我想原始农业阶段的农人在耕田的过程中，或许也尝到过这种人与人之间的默契感吧。

第一次下水田拉犁固然使我终生难忘，但更使我铭刻在心的却是其间发生的一件没齿难忘的事。当我们刚刚下田准备动工时，其中一名社员慌忙跑上岸，把唯一剩下的裤头也奋然褪下，大家都骂他没出息，他仍义无反顾地回到田里开始劳作，不听他人闲言碎语。他反复只说一句话："这生活太伤裤头了。"是的，几乎全泡在水里的裤头，只能起一个遮羞的作用，非但不能御寒，反而是拉犁出力迈步时的累赘，这时的人只是为道德感羞耻感所左右。而更可悲的是，这位老兄超越道德的理由却是因为贫困所致，据说他和老婆及孩子每晚睡觉全都赤条条的，显然是怕伤衣裤。其实此地风俗并不像北方裸睡火炕的习俗，一般都是穿着内衣内裤睡觉的，只不过内衣裤破旧而补丁摞补丁而已。因为他家太穷，老婆常生病，四个孩子还小，每年都是超支户，尤其到这春荒时节，家里早已断顿，只能靠山芋、茨菰、野菜充饥，原有的布票都以三角五分一尺的黑市价格卖出去了。早已是在年后月余都不见米星的人，仍在顽强坚韧地苟活下去，并且还揽重体力劳动，为的是想多挣些工分而尽量减少超支，挣回一家的口粮。你想，他虽然多年没有添置过一件衣服，但他对御寒的衣服是抱有多么深厚的感情啊。御寒作为生存的第一需要，若连它都可舍弃，那么道德和耻辱对他来说又值几何呢？

望着挂在小树梢上的那条千补百衲的裤头，我真正懂得了贫困的意义。在贫困与道德的天平上，你能昧着良心去向道德倾斜吗？后来进荡割芦苇，男子汉们个个脱光了衣裤，他们借口没有女人，其实是怕芦苇划伤了衣裤。一个农民那句最朴实的话给我以巨大的心灵震颤，他说："肉划破了还可以长，衣服划破了可没有钱买。”可谓至理名言！

偶有结过婚的女人从田埂或河堤上经过，田里的男人便与她们撩拨起来，女人们在岸上便笑骂道：“吊儿郎当的，连畜牲都不如。”

“连畜牲都不如”是指其道德行为呢，还是指其生存状态呢？

在那没有生存基本保证的时代，道德与文明却是个精神的奢侈品。

这才是“接受再教育”的生动第一课。

收入《夕阳帆影》，

知识出版社，2001 年 5 月出版

月下食

第一次知道“打平伙”这个名词，是在一户社员家的半大生猪得了“二号病”（霍乱）死掉之后。

那日，春末黄昏的余晖伴随着生产队牛房上空袅袅飞升的炊烟，早已把肉香的讯息传达到每一个归心似箭的上工者的灵魂深处。大个子会计庄严地宣布：每家出个男子汉，晚上“打平伙”！此言一出，男子汉们可谓欢欣鼓舞，而各家的妇女们嘟嘟囔囔：上工上工，妇女前冲；吃肉吃肉，妇女退后。

即使是在六十年代末，苏北里下河地区仍未彻底摆脱六十年代初饿殍遍野的饥荒笼罩。刚下乡时，我就亲眼看见一个十岁儿童吃两斤米饭的壮观景象。常年肚子里没有油水，使人们不能见肉，那种馋劲是无法抑制的。农民共产主义的最高境界就是饱餐一顿红烧肉。或许，在那个年代里，社员的最大邪念就是指望谁家病死一头猪，否则谁也别想打牙祭。其实，谁都知道病猪肉不好吃，但是为了解馋，同时也为了帮助死了猪的社员家减轻负担（每户拨出工分来秋后算账），人们都乐意“打平伙”。那连肉膘都是鲜红色的死猪肉的确难看，可是用葱姜一煸，倒上十几斤茨菰，烀上一大锅，连猪头下水在内一焖，可谓香飘四溢，惹得孩子们和狗们一起围着牛房直打转。其实，在那个连酱都买不起的年代，社员们亦只能用几个鸡蛋换回一碗酱，再加一碗苦咸的小咸菜，倒入大锅中，权当咸盐，这便是味中极品了。

那日，队委会还碰了头，特地让民兵营长在库房里扒了一笆斗稻子去轧成大米。肉香、饭香弥漫在村庄中，连狗们也像过年那样狂吠着、奔跑着。

开饭的钟声敲响了，各家的男子汉们烫完了脚，披上夹袄，嘴上叼着烟卷（八分钱一包的“经济烟”已算是奢华的享受了），迈着豪迈的“官步”，踱进了牛房前的晒场，享受着男性“公社向阳花”的那份特权。我唯恐“二号病”猪肉会吃出什么病来，但是，与贫下中农“同吃同住同劳动”“接受再教育”的宗旨却不可违逆，只得硬着头皮、闭着眼睛去吃。

清洌的月光爬上树梢，也爬上了贫下中农们喜悦的眉梢，男子汉们围坐在七八张小长桌边，像梁山好汉一样吆五喝六地嚷着“端肉来”。一脸盆一脸盆的茨菰咸菜烧肉上桌后，不知谁说了一句“动手”，晒场上顿时一片沉寂，只听着一片啧啧有声的咀嚼。我犹豫不决，伸箸又欲止，筷子停在半空，身边的邻居副队长用胳膊撞了我一下，我只得向盆内搛去。我估摸着搛硬块肉吃，因为硬块肉不是瘦肉就是骨头，结果，果真捞到了一块大骨头，便装模作样地慢慢啃起来。谁知一旁的邻居副队长却说：“伢子，‘瞎子吃肉拣软的吃——块块都是好的！’你挑软的，肯定是大膘肉。”月光下，我看不清每一个食肉者的面庞，但我绝对相信他们每一个人都是狼吞虎咽的饕餮者模样。此时，我哽咽了。我以为，从“肉食者”到“食肉者”的过渡，并非是什么“再教育”的力量，而恰恰是我看到了人类在困顿饥馑之中求生欲望的本能，不必说在肚内长年无油的寡淡中谋求死猪肉来润滑自己的肠胃了，就是饥荒之年食人肉的现象也不足为怪了。难怪当地的贫下中农在“忆苦思甜会”上一忆就忆到1959年里下河地区饿殍遍野时的景象。那时，一块巴掌大的山芋足以引诱一个大姑娘失身，一把麦麸便足以使兄弟反目，一块锅巴亦足以使夫妻成仇……这里面的故事可谓意味深长。人性的弱点啊，那是生存环境所决定的，而非什么思想和理念可以超越的。

我努力地学着他们大口大口地吃起来，虽然我还没有他们那样“穷凶极恶”。那种对肥肉的欲望则是我在一年后进湖荡砍草，被困在荡里几天几夜没有吃上一顿像样的饭食时所梦寐以求的巨大奢望。只有在彼时彼地，我才真正体验到了什么是饥寒交迫、什么是贫困、什么是空想共产主义，而没有半点《沙家浜》里十八个伤病员那样的浪漫饥饿。

多少年以后，当我们的下一代人连猪肉都不屑一顾时，我着实感到了人类的悲哀。你看，在高档酒宴上，如果上来一道“香芋烧肉”“梅干菜烧肉”“竹笋烧肉”，甚至“咸菜烧肉”，那么，往往是猪肉不动，辅菜早已荡然无存了。当然，我并非是鼓励人们去“忆苦思甜”，但是，需要人们警惕的是，在这个物欲化的时代，人对物欲需求的变异，潜藏着的是人的机能的退化和对大自然的“消化”功能的减退。这是一个肉欲餍足的时代！

我真担心我们下一代的下一代，不再会吃肉了。

收入《夕阳帆影》，

知识出版社，2001年5月出版

沉疴之后读风景

大凡一个人经历过一次死亡的人生体验后，就会更加热爱生活，热爱大自然，热爱人生中美好的、甚至并不美好的一切。

1971年夏，正是“双抢”的农忙季节，也是我下乡插队的第三个年头，每天十五六个小时的重体力劳动，着实让我体味到了什么是劳其筋骨的滋味。那时候我已经成了一个响当当的强劳动力了，全套农活样样拿得起、放得下，可谓方圆十多里的一条好汉。一天，我正与十几位强劳动力在大田里拖粪，干到下午两点多钟的时辰，真是燠热难当：天空，骄阳晒得人头昏脑涨，用当时南斯拉夫电影里的一句台词就是“空气在燃烧”；地里，发酵了的草塘粪熏得人睁不开眼。我只觉得四肢乏力，两眼直冒金花，上气不接下气，中午吃下去的三大碗菜饭在胃里似翻江倒海一般作怪，但我手中的粪叉还在机械不停地挥舞着，渐渐地，我仿佛觉得飘忽起来……

醒来的时候，我已经躺在了自己的铺板上，邻居吉五爷正端着一碗绿豆汤喂我，他说这是中了粪毒。忙了一阵，他急着要上场去抢场，就嘱我好好休息，便匆匆而去。也不知过了多少时辰，我只觉得头脑一阵炸裂似的疼痛，四肢瘫痪，一点劲都没有，口渴得嗓子眼冒烟，这时的第一个意念就是想喝水，我试了几次，竭尽全力撑起身来，结果都是徒劳的。直觉告诉我，如果喝不上水，就意味着死亡，一种作垂死挣扎的本能冲动促使我奋力滚下床来，艰难地向前爬去。无疑，水瓶里肯定是没有水了，我只能向锅灶旁的水缸匍匐蛇行，每爬一步，就像翻过了一座大山，干涩欲裂的口腔里连一丝口水都没有，眼前金花飞舞，一阵阵发黑。

我努力爬到水缸边，用尽最后的气力舀了一瓢凉水，一饮而尽，连喝了三瓢，浑身上下总算有了些力气。于是，我慢慢挪到门口，一开大门，强烈的阳光射来，刺得我一阵头晕目眩，渐渐地，我感到这毒日也是那么温暖可心，一种重见天日的感动使我不由得流下了眼泪。我倚坐在门槛上，凝望着湛蓝的天穹，凝望着大溪河滔滔不绝的流水，凝望着渐渐西沉的红日、耕归的老牛、炊烟萦绕的村落……寂静的村庄逐渐有了活气。放工回来的邻人见我倚在门旁，大呼小叫地告诉我说：你在床上已经睡了七天啦！队长正要派人将你送回南京。晚饭时分，吉五爷又端来了新小麦面擀制的香油小刀面，当我重新获得咀嚼功能，感到生活中那浓得化不开的深深人情时，眼泪不禁潸然而下。尽管那时我们是那样颓唐厌世、玩世不恭、醉生梦死，尽管那一段灰色的人生是那样的漫长而不可终日，然而，当你从死神的拥抱中挣脱出来时，你便更觉出了大自然中生命的每一片绿叶都是那么美好，在“是生还是死”的抉择中，你不可能像莎士比亚那样彷徨，人生的哲理只能告示你：生活是美丽的！

十天后，当我跨进家门时，母亲竟然问我是来找谁的。那时我整整掉了二十斤膘，形销骨立，瘦骨嶙峋，人见人嗟，人说人叹。可九十多斤的我行走在这六朝古都的繁华人生之中时，似乎忘却了、淡泊了人生的负面，因为“我在”，我才感到了人生的美丽和伟大。虽然明志、致远的抱负离一个现实主义者很远，然而能够抛弃红尘中的沮丧，亦不枉死过一回，这便是人生真谛获得的愉悦。

二十多年过去了，这其中，我又有两次大难不死的病灾。面对着死亡，我虽然异常冷静，但是时时向往着再一次从死神的怀抱中挣脱出来，走向人生的新驿站。也许哪一天我会被死神紧紧地拥抱而不得再返人间，但我相信，我的灵魂将游归故里，永远附着在这美丽的人间风景之中。

收入《夕阳帆影》，
知识出版社，2001 年 5 月出版

风景：人与艺术的战争（代跋）

作为自然的风景，历来就被不同的艺术理论家分为两种不同的解释：一种是坚持风景在人的眼睛中呈现出的意识形态内涵；一种是坚持其风景的原始感官视觉的享受，亦即人文与自然的审美冲突。这的确是个艺术的生与死的两难选择的悖论问题。然而，这显然是一个陈旧的美学命题，如 W. J. T. 米切尔所言："风景研究在本世纪已经经历了两次大的转变：第一次（与现代主义有关）试图主要以风景绘画的历史为基础阅读风景的历史，并把该历史描述成一次走向视觉领域净化的循序渐进的运动；第二次（与后现代主义有关）倾向于把绘画和纯粹的'形式视觉性'的作用去中心化，转向一种符号学和阐释学的办法，把风景看成是心理或者意识形态主题的一个寓言。”需要强调的是，米切尔强调的是，所谓第二次与后现代有关的理论是后殖民主义浪潮中的美学理论，并非是对旧日有关风景的形式主义理论的回归，它同样也是带有更强烈的意识形态话语色彩。

“把‘风景’从名词变为动词。”当 W. J. T. 米切尔在《风景与权力》的导论里写下这第一句话的时候，我就意识到他论述风景的基本价值立场了：“自然的景物，比如树木、石头、水、动物，以及栖居地，都可以被看成是宗教、心理，或者政治比喻中的符号；典型的结构和形态（拔高或封闭的景色、一天之中不同的时段、观者的定位、人物形象的类型）都可以同各种类属和叙述类型联系起来，比如牧歌（the pastoral）、田园（the georgic）、异域（the exotic）、崇高（the sublime），以及如画（the picturesque）。”也就是说，任何自然的风景背后，都离不开那个“观者”的“内在的眼睛”的解读，这就是为什么人类总喜欢将寺庙与教堂紧邻风景区的缘故吧。在这里，米切尔强调的是一切的“如画”的风景，在每一个人的眼睛里所折射出来的自然风景都是自身意识形态的显现。

无疑，风景本是与人类的美学感知相对应的不变的自然画面，往往是带着原始浪漫色彩图景的显现。于是，游牧文明和农业文明中自然景观与人文景观融为一体的诗情画意，就成为了文学艺术追逐的对象。且不说唐诗宋词里的山水画派成为中国诗歌的正宗，就是宋元山水画也成为中国画的正统流派，就足以见农耕文明在“见山是山，见山不是山，见山还是山”的审美循环中所倡导的是自然与人文相结合须得天衣无缝、不露痕迹的最高审美境界。因此，米切尔在《帝国的风景》这一章里就写道：“中国风景画是史前的，早于‘因其本身而被欣赏’的自然的出现。‘另一方面，在中国，风景画的发展……与对自然力量的神秘崇拜结合在一起’。”大约这就是米切尔在此书当中对中国风景画的唯一的一次，也是最高的评价吧，因为米切尔最强调的审美理论就是把风景融入包括宗教在内的意识形态之中来进行符号学和文化学的阐释。

而西方的风景画派的崛起，造就了一批主张意识形态的风景画派理论家，他们明显讲求画家在表现自然景物的时候必须注入自身人文意识形态。米切尔引述的肯尼思·克拉克在 1949 年发表的《风景进入艺术》一文中的一段精彩的话语，对我们理解自然与艺术之间的人文关系提供了一把钥匙：“我们置身于事物中——它们不是我们的创造，有着不同于我们的生命和结构：树木、花朵、青草、河流、山丘和云朵。几个世纪以来，它们一直激发着我们的好奇和敬畏。它们是愉悦的对象。我们在想象再造它们来反映我们的情绪。我们渐渐认为，是它们促成了我们所称的‘自然’观念的形成。风景画记录了我们认识自然的阶段。自中世纪以来，人类一次次试图与环境建立和谐关系，风景画的兴起和发展则成为其中一环。”无疑，这样的理论尚未走向意识形态的极端，因为他强调的是人与自然的和谐，亦即感官与意识两者之间相辅相成的共生关系。

为什么欧洲文艺复兴时期会诞生风景画派，其重要的元素就在于：在强调大写的人的同时，启蒙主义更注意用自然的风景来表达人的理念，据说第一幅风景画就是达·芬奇所创。但是，随着资本主义时代的到来，十七世纪所出现的职业风景画家，就充分体现出了将带有现代文明气息的人文建筑物融入在对大自然背景的描摹之中，荷兰风景画的早期代表作家扬·凡·戈延的《河上要塞》《埃廷附近的莱茵河》就是把景和物融为一体的范本画例，而并非是米切尔们那样在过度阐释后的单一的意识形态呈现。倒是维米尔的《台夫特的风景》作为十七世纪风景画的代表作品，他突出的却是苍穹下鳞次栉比的建筑物，人文意识还是占据了画面中心的。也许，像鲁本斯的《有彩虹的风景》那样的具有划时代意义的作品应该是风景画的一个高峰，但是，你仔细观察，就会发现人物、动物、桥梁、房屋，究竟是作为自然的映衬，还是作为自然的主宰，抑或是互为和谐的存在呢？也许，这在不同的人眼里看出的是不同的答案，也非米切尔们所简单归纳的那种纯粹的意识形态的表达。

当然，在米切尔的这本集子里，我们也能听到两种并不相同的声音。

克拉克以为："在所有的历史书中，彼特拉克都以第一个现代人的身份出现……从都市的骚乱中逃离到乡村的平静里，而这正是风景画赖以生存的情感。"因此，米切尔就会认为："欣赏风景是在'现代意识'之后才出现。彼特拉克追随田园风而逃离都市，不只是为了享受乡村的舒适；他找出自然的不适之处。'众所周知，他是第一个出于对大山的兴趣而去爬山的人，并且在山顶享受了美景'。"也许，当我们正沉浸在彼特拉克一览众山小的"如画"风景审美情境中的时候，克拉克已然转向了另一个极端。但是，更有甚者的是持“后马”观念的安·伯明翰，他更加强调了意识形态的主导性，虽然他们的观点从表面上看是对立的。

因为克拉克的论断“从不思考这事的人们，倾向于假定欣赏自然美和绘画风景是一种普通而持久的人类精神活动。但事实上，在人类精神最光芒四射的时代，因为风景本身而作画的举动似乎并不存在，而且不可想象”，才有了米切尔的断言：“马克思主义的艺术史家将这一‘真相’复制到了英国风景美学这一更为狭窄的领域中，以意识形态观替代了克拉克的‘精神活动’。”所以，安·伯明翰提出：“存在一种风景的意识形态。在十八世纪到十九世纪，风景的阶级观念体现了一套由社会、并最终由经济决定的价值。画出来的图像对此赋予了文化性的表达。”窃以为，任何现代绘画都不是一种艺术对现实生活的简单“摹仿”，它是一定要赋予文化和人文内涵的，意识形态无疑是风景表达的一个不可或缺的重要元素，但是，它也绝不是那种单一的或者是简单的阶级性的意识形态表达。显然，在克拉克与伯明翰之间的论争中，米切尔所采取的价值立场则是：“伯明翰把风景看成一种有意识形态的‘阶级的观看’，而‘画出的图像’为它赋予‘文化的表达’。

克拉克说，‘欣赏自然美和风景画是一种历史上独一无二的现象’。这两位作者忽略了‘看’与‘画’、感觉与表达之间的区别——伯明翰把绘画看成是一种‘观看’的‘表达’，而克拉克则靠单数‘is’将自然与用绘画再现自然混为一体。”从表面上来看，米切尔似乎是站在客观公允的辩证唯物主义的立场上来同时指出两种不同观点的局限性，然而，他自己却也同样陷入了一个“二律背反”的困境之中：“作为一个被崇拜的商品，风景是马克思所说的‘社会的象形文字’，是它所隐匿的社会关系的象征。在支配了特殊价格的同时，风景自己又‘超越价格’，表现为一种纯粹的、无尽的精神价值的源泉。爱默生说，‘风景没有所有者’，纯粹的观景被经济考虑毁掉了：‘如果劳动者在附近艰难地挖地，你无法自在地欣赏到崇高的景色。’雷蒙·威廉斯说：‘一个劳作的乡村几乎从来就不是风景。’”所以才有人把英国那些隐藏在风景后面的劳动者看作风景画的“黑暗面”。

我们并不否认风景中可以阅读出来的“社会的象形文字”里的阶级性的意识形态内涵，但这仅仅是一部分“内在的眼睛”在看风景时的感受而已，而不能替代其他人的眼睛中折射出来的另一种艺术的表达。亦如鲁迅先生所言：“一部《红楼梦》，道学家看到了淫，经学家看到了易，才子佳人看到了缠绵，革命家看到了排满，流言家看到了宫闱秘事。”显然，作为艺术家那种自上而下的“同情与怜悯”（亚里士多德的悲剧审美观）有可能渗透在自己的画面中，也有可能绘画的当时压根就没有意识到这样的意识形态问题。而一切看风景的人都会在这原本是一幅大自然的“如画”风景中陶醉，当然，由于农人辛劳的场景破坏了看者的审美的心境，就引发了艺术家人道主义同情心，从而放弃了对艺术的进一步描摹和再现的欲望，似乎是风景描写者难以自圆其说的借口。由此我想到的是列宾的那幅传世之作《伏尔加河的纤夫》，同样也是风景画，列宾既描写了民族河流苍茫美的风景，同时又表达出对劳动者的礼赞，那背纤者的每一块肌肉的抒写都是与自然风景相对应的力之美的表现，这样的美学道理其实并不复杂，但是被后殖民理论家们过度的符号学和阐释学的解析，反而让我们坠入了云里雾里。所谓的“去黑暗面”，并非是风景画（无论是文学还是艺术）的归途。我不同意把风景作为一种帝国主义的文化符号，后殖民主义的文化理论，包括它的美学观念，在很大程度上并非是马克思主义的唯物辩证法，它在夸大“帝国的风景”时，忽略的却是艺术审美的本质特征。这个历史的经验教训在我国五十多年前的“文革”“样板戏”和“样板画”中就演绎过。

近五十年前，我在农村插队的时候，的确亲自体味到了农人在艰苦劳作时无暇风景和无视风景的经验。但是，这并不代表我在闲暇时就没有欣赏风景的能力，因为即便是一个文化程度很低的农人，他在美丽的自然风景面前，也没有闭上那双欣赏风景的“内在的眼睛”。这就是鲁迅先生所说的“一要温饱，二要发展”的道理。

席勒说过：“当人仅仅是感受自然时，他是自然的奴隶。”当然，我知道席勒这里所说的“自然”主要是在哲学层面上特指人的动物性，但是我宁愿将它借用在物理的“自然”论述层面，用反拈连的修辞手法补充一句：“当人仅仅是感受文化时，他是文化的奴隶。”

在米切尔所编撰的这本书里，我最感兴趣的是安·简森·亚当斯所写的第二章《“欧洲大沼泽”中的竞争共同体：身份认同与十七世纪荷兰风景画》。无疑，十七世纪的荷兰风景画已经被艺术史定格在“自然主义风景画”的框架之中，但是，亚当斯却执意要改变它的本质特征。对于十七世纪荷兰风景画的研究者的两点评论：“第一，荷兰画家描绘那些可辨识的建筑古迹时，会随意地把它们移至自己的家乡附近，有时甚至加以改造，或者将几个合并成一个虚构的建筑。”“第二，荷兰画家常常夸大古迹所在的地形。”我实在是弄不明白，他们为什么要追求风景画建筑的真实性呢？移植和虚构是艺术的本能，包括自然主义也不例外。于是，亚当斯是一面认同这种评论，又一面说出了另一个看起来独立特行的观点：“然而，通常人们欣赏那些看上去如实地再现了荷兰风景形构，却并没有明显的文学和文本所指的风景画，仅仅只是为了视觉愉悦，一种由画者演绎给观者的视觉愉悦。用艺术理论家杰拉德·德·雷瑞斯的话说，十七世纪的观者欣赏风景画无疑是为了‘消遣和愉悦眼睛’。”殊不知，视觉艺术只有首先通过感官的第一冲击力之后，才能产生丰富的联想波动，而亚当斯们过于强调画面形构的人文性和宗教性，以及对艺术直觉的否定，显然是欠妥当的，尤其是对自然主义风景画中的“意象回应和‘归化’”这一集体认同的疑义，是令人失望的。我们不能因为“在 1651 年的一场暴风雨中，霍特维尔市的圣安东尼斯堤坝决口事件。谢林克斯、罗夫曼、诺尔普、科林、埃塞伦斯和扬·凡·戈延等画家纷纷对这一事件做了描绘”，就判定一个画家在主题先行的预设中就可以达到对风景画描绘的艺术高峰，恰恰相反，他们的这次集体绘画行为倒真的是一次行为艺术，因为这个重大题材的创作均不是他们的代表作。当亚当斯在分析荷兰风景画大师扬·凡·戈延的《河景与乌特勒支的贝勒库森门，以及哥特式唱诗班圣坛》（1643，画板。76 cm×107 cm）时，认为“凡·戈延在这部作品中更想评论的恰是当时颇具争议的教堂与国家之间的关系问题，一个在十七世纪四十年代的紧张时期显得太为迫切的主题”。退一万步来说，即便作家有这样的意图，但是一旦画作面世，每一个看者都有权利用自己的“内在的眼睛”去解读画面，绝不能定于一尊。所以，亚当斯自己对这一点也是没有底气的：“本文的假设是，观察一个形象（这里是一处风景），能够通过它所引发的各种联系给观者创造一种与他者相联或相异的感觉，一种与各种共同持有的身份相关的个体身份。就像本身为动态并且在许多层面同时演化的社会关系，荷兰风景画同时演绎了多重价值和主题。除非能幸运地找到日记与书信，否则我们永远无法知晓这些主题对任何一位个体的观者而言意味着什么。更重要的是，这些荷兰风景画揭示了一些社会地点和社会问题，围绕着它们，身份认同得以建立。”我丝毫没有贬低画家和评论家们所要表达的社会问题的动机，问题就在于艺术作品，尤其是风景画的描摹，首先必须是用技术层面的视觉冲击力的艺术感染力去吸引观者的眼球，从而激发起感官的共鸣，而后才能进一步去完成对其人文性的解读。否则，一味地强调主题先行的阐释，则是对艺术作品的戕害。

因此，我在观赏十七世纪荷兰风景画的时候，首先是被画家表现自然的艺术力量所征服，而后才能从自然风景线（包括那些建筑物）中，找到那个时代的人文密码和意识形态的内涵。也许，在每一个不同的看者“内在的眼睛”中读出的却是并不相同的人文内涵，这恰恰就是每一个读者的再创造功能。好的艺术是需要留下给人思考的空间的。

刊于《文艺报》2016年9月30日

图书在版编目（CIP）数据

人间风景 / 丁帆著．—南京：译林出版社，2017.11

ISBN 978-7-5447-7135-1

I.①人… II.①丁… III.①散文集－中国－当代 IV.①I267

中国版本图书馆 CIP 数据核字（2017）第 256051 号

人间风景　丁帆／著

责任编辑　陆志宙
装帧设计　周伟伟
校　　对　蒋　燕
责任印制　颜　亮

出版发行　译林出版社
地　　址　南京市湖南路 1 号 A 楼
邮　　箱　yilin@yilin.com
网　　址　www.yilin.com
市场热线　025-86633278
排　　版　南京展望文化发展有限公司
印　　刷　南京爱德印刷有限公司
开　　本　850 毫米 ×1168 毫米　1/32
印　　张　7.625
插　　页　4
版　　次　2017 年 11 月第 1 版　2017 年 11 月第 1 次印刷
书　　号　ISBN 978-7-5447-7135-1
定　　价　39.00 元